새로운
토양으로
내게 온
사람

새로운 토양으로 내게 온 사람

1판 1쇄 발행 2024년 11월 20일

지은이 박명자
발행인 이선우
발행처 도서출판 선우미디어
　　　　등록 ｜ 1997. 8. 7 제305-2014-000020
　　　　02643 서울시 동대문구 장한로 12길 40, 101동 203호
　　　　☎ 2272-3351, 3352 팩스: 2272-5540
　　　　sunwoome@daum.net greenessay20@naver.com
　　　　Printed in Korea ⓒ 2024. 박명자

값 13,000원

충청북도　충북문화재단

※ 이 책은 충청북도, 충북문화재단의 후원을 받아 예술창작활동 지원사업의 일환으로
　발간되었습니다.
※ 잘못된 책은 바꿔 드립니다.
※ 저자와 협의하여 인지 생략합니다.

ISBN 978-89-5658-783-7 03810

새로운
토양으로
내게 온
사람

박명자 수필집

선우미디어 sunwoomedia

내 삶의 터닝포인트가 된 수필

등단 칠 년 만에 그동안의 원고를 정리해 첫 수필집을 엮게 되었다. 이 한 권에 지나온 내 삶의 궤적을 모두 담았다. 예순 중반의 나이가 되기까지의 삶을 드러내는 작업이 쉽지만은 않았다. 글을 쓰면서 묻어두었던 상처가 덧날 때면 며칠 밤을 뜬눈으로 지새웠기 때문이다. 그런 가운데도 한 편의 글에 지난날의 상처를 다 쏟아내고 나면 치유가 되기도 했다. 아직 내 글은 지면에 나가지도 않고 컴퓨터 파일에 저장되어 있는데도 말이다. 마치 내 이야기를 들은 누군가가 내 등을 토닥이며 위로해 주는 느낌이었다.

수필은 내 삶의 터닝포인트였다. 오십이 넘어 시작한 글쓰기는 유년의 아픔을 녹여 주었고, 특별한 것 없는 평범한 일상에 큰 의미를 부여해 주었다. 꿀을 찾아 수만 번의 날갯짓을 하는 한 마리의 꿀벌처럼, 내 관심은 매사 수필의 소재를 찾기 위해 촉을 세우고 세상을 바라보게 되었다.

나는 사실 글 쓰는데 별로 소질이 없는 사람이다. 서툰 글솜씨에도 일기장에 빼곡히 마음을 쏟아 놓기도 했다. 그러나 일기만으로는 뭔가 해소되지 않는 갈증이 있었다. 어느 날 용기를 내 수필 창작 교실을 찾았다. 스승님은 환한 웃음으로 반기며 나를 안아주셨다. 이전까지와는 다른 새로운 세상으로 첫발을 내딛는 순간이었다. 수필을 쓰면서 긴 세월 실타래처럼 얽힌 복잡한 일들이 가지런히 제 자리를 잡는 느낌이었다. 그리고 보니 유년의 아픔은 또 다른 나의 소중한 자산이 아니었나 싶다.

스승님은 수필가의 삶은 글과 같아야 한다는 것을 늘 강조하신다. 소재를 고르는 눈, 문장력이나 사유의 깊이, 그리고 의미화까지. 한 편의 글이 문학적으로 완벽해 보여도 글을 쓴 사람이 그에 미치지 못한다면 그것은 가짜 글이 된다고 하셨다. 무거운 말씀이다. 늘 스승님의 말씀을 되새기며 수필가의 길을 걸으려고 노력한다.

작년까지만 해도 남편은 내게 당신 책은 언제쯤 나오느냐고 여러 번 되묻고는 했었다. 그 사람의 손에 건네주지 못하는 것이 못내 아쉽다. 지금은 남편의 빈자리를 아들 내외와 딸 내외, 그리고 세 명의 손주가 채우고 있다. 이 소중한 기쁨을 가족들과 함께 나누고 싶다.

발문을 통해 부족한 글을 격상시켜주신 반숙자 스승님께 감사드린다. 마음을 여는 글밭을 12년째 함께 가꾸는 문우들, 교정을 봐준 수안 언니에게도 고마운 마음을 전한다.

2024년 가을
박명자

차례

작가의 말 · 4
반숙자 ｜ 박명자의 수필 세계 · 233

1 새로운 토양으로 내게 온 사람

새로운 토양으로 내게 온 사람 · 12

아카시아꽃이 피면 · 16

감꽃이 필 무렵 · 19

두 어머니 · 23

집으로 · 27

방정소나무 · 30

풀꽃 앞에서 · 33

비 오는 날의 상념 · 36

엘 콘도르 파사 · 39

내리사랑 · 44

쑥부쟁이 둘레길 2

쑥부쟁이 둘레길 · 48
질경이 · 52
신발 끈을 조이다 · 57
등짐 · 61
보라카이에서 · 65
남는 장사 · 69
자작나무 숲에서 · 72
해 질 녘 · 75
별빛 같은 나의 사랑아 · 79
별이 된 당신에게 · 82
시간 여행 · 88

봄을 만들다 3

함 사시오 · 94
장한 내 딸아 · 97
돌절구 · 101
내 그릇 크기만큼 · 104
따스한 겨울 · 107
봄을 만들다 · 110
25년 만의 재회 · 115
봄이 오는 길목에서 · 120
두 번 피는 꽃 · 123
봄을 나누다 · 126

4 **나비의 행방**

아이들의 웃음소리 · 130

여름 이야기 · 133

잔인한 사월 · 136

곤충의 모정 · 139

휴양림의 사람들 · 142

마지막 수업 · 146

나비의 행방 · 150

선재길에서 · 153

봄이 오는 소리 · 156

졸업 여행 · 160

5 **생각의 우물**

생각의 우물 · 164

해거름의 산책길 · 167

화음을 맞추며 · 170

단순함에서 오는 평화 · 173

소녀의 꿈 · 177

석산의 추억 · 180

금문교를 바라보며 · 184

새 달력 앞에서 · 188

손 · 191

간절했던 꿈 · 194

가난이 피운 꽃 6

효도 관광 가던 날 · 198

함께해서 행복합니다 · 202

해방촌 · 205

꽃보다 아름다운 우리 · 208

프리마켓을 열다 · 211

품바 축제 · 214

가난이 피운 꽃 · 217

명절 풍경 · 221

그날을 기다리며 · 224

그녀들의 향기 · 228

1

집으로

새로운 토양으로 내게 온 사람

친구와 두런두런 이야기를 나누며 깻잎을 딴다. 가슴 높이까지 자란 들깨는 송이가 부실하고 잎만 무성하다. 알찬 수확을 꿈꾸며 땀 흘렸을 주인의 노고가 마음 쓰인다. 들깨를 털어봐야 땀 흘린 대가에 비해 수확이 너무 적을 것 같아서다. 우리는 비스듬히 기운 들깨 포기를 일으키며 조심조심 깻잎을 딴다.

"커피 한잔 마시고 할까?"

한발 앞서 밭머리에 이른 친구가 준비해 온 커피를 따르며 나를 부른다. 밭둑에 앉아 마시는 커피에 자연이 담겨 그 맛이 특별하다. 가을 햇살, 스치는 산들바람, 그리고 춥지도 덥지도 않은 날씨에 좋은 벗까지….

저만치의 들깨 한 포기가 주변을 둘러보던 내 시선을 사로잡는다. 들깨를 심을 때 남은 모종을 밭머리에 던져버린 것 중 한 포기가 살아남은 모양이다. 얼마나 잘 자랐는지 마치 한 그루의 정원수처럼 튼튼하다. 아래쪽의 원가지는 벌써 목질화가 되어 들깨 나무가 되었고, 마음껏 뻗은 곁가지 가지마다 들깨가 조롱 조롱 달렸다. 거름 주고 정성 들여 가꾼 들깨는 잎만 무성한데, 아무도 돌보지 않은 곳에서 어쩜 이리도 튼실하게 자랐을까. 의아해 주변을 살펴보니 척박한 땅이지만 다행히 미세한 물길이 지나가는 길옆이다. 흙 한 줌도 안 덮어주었을 버려진 모종의 대부분은 여름 열기에 말라버렸을 것이다. 그래도 버텨낸 한 포기는 목마름이 극에 달할 때쯤 내려준 단비에 실뿌리를 뻗어 물기를 머금으며 살아냈겠지. 주변 풀들의 기세도 억세었을 텐데 용케 살아내고 이렇게나 잘 자랐구나. 나는 이처럼 모진 환경에 던져진 한 아이가 살아낸 이야기를 알고 있다.

어언 반세기 전이다. 아이는 얼굴도 모르는 엄마를 그리워하며 웃음을 잃었다. 부모의 사랑을 받지 못하는 아이는 한 포기의 버려진 들깨 모종의 삶과도 같았다. 시들어가는 아이를 살게 한 것은 할머니의 사랑이었다. 정에 목마른 아이에게 할머니는 작은 물길이 되어 주었다.

할머니는 장차 당신이 떠난 뒤에 닥칠 아이의 앞날을 염려하셨다. 아이가 아버지와 새엄마의 집으로 가서 그 식구들과 한 가족으로 완전하게 동화되기를 원하셨다. 할머니의 결단으로 아이는 새엄마에게 보내졌다. 그러나 다섯 명의 이복동생과 새엄마의 낙원에 던져진 아이는 그들을 위한 노동자로 전락했다.

새엄마의 눈총에 아이는 늘 불안했고 아침이 오는 것이 무서웠다. 어쩌다가 학업까지 중단하게 된 아이는 온종일 집안일에 시달려야 했다. 겨울이면 동상에 걸린 작은 손은 물집이 잡히고 가려워 상처가 아물 새가 없었다. 아버지의 사업이 날로 번창하고 식모 언니가 있어도 아이에게는 아무 소용이 없었다.

어느 가을날 참을 수 없는 통증에 배를 움켜잡고 새엄마에게 병원에 가겠다고 사정했다.

병원에 가서 죽을병이 아니면 가만두지 않겠다는 새엄마의 말에 이러다가 죽을지도 모른다고 생각하면서도 아이는 하룻밤을 더 견뎠다. 다음날 찾아간 동네 의원에서 급성 맹장염이라 했다. 빨리 수술해야 했지만, 따라온 가족이 없었다. 이웃에 사는 고모부께 연락해 대신 동의서에 사인을 받았다.

구부린 척추에 마취 주사를 놓았다. 부분마취라 했다. 그런데 마취가 덜 되었는지 수술하는 동안 고통이 이루 말할 수 없었다. 그 고통에서 벗어날 수 있는 길은 수술을 잘 마치도록 아픔을 참고 몸을 움직이지 않는 것이었다. 아이는 이를 악물고 통증을 감내했다. 드디어 수술이 끝나고 입원실로 옮겼다. 병원과 집은 담 하나 사이를 두고 있지만 찾아오는 사람이 아무도 없었다. 아이를 더 아프게 한 것은 통증보다 외로움이었다. 아이의 처지가 딱하게 보였던지 병원 간호사가 간간이 돌봐 주었다. 퇴원하는 날은 숙모님이 흰죽을 들고 오셨다. 반가워 울면서도 죽을 달게 먹는 아이를 숙모님은 안타까운 시선으로 바라보았다. 그때의 참담함이란 이루 말할 수 없었지만, 아이는 매 순간을 살아내며 강해지고 있었다.

어엿한 숙녀로 성장했지만 여린 가지는 늘 흔들렸다. 뿌리를 내릴 수 없는 불모지에 그 사람이 단비처럼 찾아왔다. 그는 내게 물길이고 햇볕이었다. 새엄마의 온갖 차별에도, 흔들리지 않는 힘이 내면에 조금씩 생겼다. 나는 성년이 되던 스물한 살 봄에 서둘러 그 사람과 결혼했다. 새 땅이 생긴 것이다.

땅을 고르고 씨를 뿌리고 가꾸는 긴 세월에 나는 튼튼한 울타리를 가진 다복한 가정을 이루었다. 먼 훗날에는 이렇게 잘할 수 있으리라는 것을 그때 알았더라면 그 어려움을 이겨내기가 훨씬 수월했을 텐데, 한 치 앞을 볼 수 없어 불안에 떨며 서 있는 아이의 등을 토닥이며 이제라도 위로해 주고 싶다.

척박한 땅에서 살아남기 위해 물길을 찾고 바람에 흔들리며 견뎌냈던 유년의 일들이 어제 일처럼 느껴진다. 그 긴 세월이 지나가는 동안 나무의 뿌리는 튼튼해졌고 어지간한 바람에는 꿈적도 하지 않도록 목질화가 되었다. 이제 나이가 들어 나의 계절도 들깨가 여물어가고 있는 늦가을에 와 있다.

때로는 물길이 되어 주고, 햇빛이 되어 주며 새로운 토양으로 나에게 온 사람, 내가 기댈 수 있었던 유일한 사람. 들깨 나무를 바라보며 상념에 젖은 나를 내려다보며 별이 된 남편이 응원해 줄 것만 같다.　　　　　　　　　　　　　　(한국수필 2024.3.)

아카시아꽃이 피면

기관지염에 좋다는 아카시아꽃을 따러 간다. 주렁주렁 매단 꽃으로 나무는 가지가 휠 지경이다. 일부는 효소를 담고 일부는 가루에 살짝 묻혀 튀겨볼 요량이다. 나무 가까이 다가서자 윙윙거리는 소리에 고개를 젖혀 보니 벌써 수많은 벌이 꿀을 따고 있다. 꽃은 나만 필요한 게 아닌가 보다.

꽃과 벌은 서로 도와주는 관계로 살아가고 있다. 수없이 많은 벌이 꽃술마다 드나들며 힘찬 날갯짓을 하는데도 작은 상처 하나 남기지 않는다. 꽃은 벌에게 꿀을 주고, 벌은 꽃에서 양식을 구하는 대신 가루받이로 열매를 맺게 해준다. 이쪽이 필요한 것을 얻으면서 저쪽이 필요한 것은 내어주는 관계. 종족이 다른 데도 서로 도와주는 관계가 부러운 풍경이다.

내가 어릴 적 학교 다닐 때 오월이면 아카시아 꽃길을 걸었다. 구불구불한 산길에는 손만 뻗으면 포도송이 같은 흰 꽃이 주렁주렁 열렸다. 꽃은 때로 간식이었고 놀잇감이었다. 그립기만 한 엄마가 언제쯤 올까, 기다리며 잎을 하나씩 떼어내기도 했다. 남은 줄기로 친구들과 서로의 머리를 감아 웨이브를 만들어 놀며 걷던 하굣길이었다.

도시에서 장사하는 아버지는 무엇이 그리 바쁜지 좀처럼 시골집에 내려오지 않았다. 아카시아 꽃향기가 온 마을을 감싸던 오월 달빛이 휘영청 밝은 밤이었다. 아버지가 내 이름을 부르며 집안으로 들어섰다. 할머니와 마주 앉아 이런저런 내 걱정을 했고, 중학교에 진학할 때쯤 데려가겠다며 할머니를 안심시켰다. 곁에 누워 자는 척 눈을 감은 내 머리를 쓰다듬던 아버지의 손길에 애처로움과 걱정이 묻어있었다.

내가 열세 살이 되던 해에 할머니가 별나라로 가시고 아버지와 함께 살게 되었다. 아버지, 그 이름은 내게 너무도 생소했다. 부르기는 해야겠는데 입 밖으로 그 소리가 나오지를 않았다. 저만치 걸어오는 아버지가 보이면 나는 입을 달싹거리며 열 번도 넘게 연습했다. 가까이 왔을 때 "아버지…" 겨우 나온 말이었다. 그러나 목소리가 너무 작아 알아듣지 못한 아버지는 내 곁을 그냥 지나가 버렸다. 그러면 또다시 연습해야 한다. 그렇게 그렇게 자연스레 아버지를 부르기까지 한참 걸렸다. 아픈 기억이라 스스로 망각하려고 애를 썼다. 꺼내 볼 용기가 없어 기억 밖으로 밀어냈던 유년의 아버지와 나의 관계다. 너무 아파서 추억이 되지 못하고 기억으로만 남은 아버지와의 시간, 아카시아 향기에 실려 예고 없이 찾아온 그 시간이 가슴을 휘젓는다.

꽃향기가 온 마을을 감싼 고향 마을에 아버지가 다녀가신 그날처럼 오늘도 흐드러지게 아카시아꽃이 피었다. 저만치 바라만 보던 아버지가 이젠 나만의 온전한 아버지로 꽃향기 속에 있다. 나도 이제 나이가 든 탓일까. 측은한 모습을 한 아버지의 모습이 내 마음에 들어온다. 아버지라는 소리를 내려고 연습하고 또 연습하던 어린 내 마음을 어루만져 주는 듯도 하다.

여러 해 전에 할머니 곁으로 가신 아버지. 오래전, 새 보금자리의 가족에게는 내 존재만으로도 상처가 될 수 있었을 것이다. 어쩌면 당신은 행복 속에서도 늘 내 걱정을 했으리라 믿고 싶다. 드러내 놓고 표현하지 못했을 뿐 안쓰럽게 바라보던 그 눈빛은 분명 사랑이 아니었을까.

해마다 아카시아 꽃향기를 앞세우고 불현듯 찾아올 당신, 내년부터는 환한 웃음으로 맞이하고 싶다.

(충청타임즈 2021. 06.)

감꽃이 필 무렵

　홍시다. 산비탈 양지쪽 감나무에 꽃송이처럼 붉은 감이 주렁 주렁 열렸다. 나무는 잎을 모두 떨구고 감만 오롯이 달고 있다. 주홍빛 가을을 듬뿍 담은 감나무 위로 물까치 떼가 잿빛 날개를 펄럭이며 날아든다. 연신 날아드는 모습이 장관이다. 주변에 저 수지가 있어 저리 많은 걸까. 족히 열댓 마리는 되지 싶다. 나무 위에서 감을 쪼아 먹는 녀석들도 여럿이 눈에 띈다.

　일손이 부족한 밭 주인이 수확을 못 한 걸까. 아니면 까치밥으 로 남긴 걸까. 그 누구의 방해도 없이 달큰한 홍시를 쪼아먹는 저 물까치들은 오늘 횡재수가 있는 날이다. 실컷 배를 채웠는지 물까치 떼가 힘찬 날갯짓으로 동시에 날아오른다. 홍시 냄새가 코끝을 스치고 지나간다.

　물까치가 남긴 홍시 냄새는 나를 할머니 계신 고향집으로 데려 다 놓는다. 고향집 사립문을 열고 마당에 들어서면 감나무는 두 팔을 벌려 나를 반겼다. 두엄더미 옆 감나무는 봄이 되면 상앗빛

꽃을 마당 가득 뿌려놓았다. 나는 달짝지근한 감꽃을 주워 먹기도 하고 목걸이와 화관을 만들기도 했다. 꽃 진 자리에 조롱조롱 아기 감이 맺혔다. 늦여름쯤 풋감이 떨어지면 할머니는 따뜻한 소금물을 풀어 항아리에 담았다. 떫은맛을 빼기 위해서는 기다림의 시간이 필요하다. 엄마를 기다리는 것만큼이나 지루해 가끔 항아리 뚜껑을 열어 보곤 했다.

찬 서리 내리는 늦가을이면 탐스럽게 익은 주홍빛 감을 까치밥 몇 개 남기고 모두 땄다. 굵고 잘생긴 감은 껍질을 벗겨 처마 밑에 매달았다. 바람과 볕에 수분을 내어 주는 긴 여정에 들어갔다. 땡감은 볏짚을 켜켜이 깔고 동구리에 나누어 담아 소죽 쑤는 사랑채 초가지붕 위에 올려놓았다. 달빛과 햇살이 머물고 겨울이 깊어지면 달콤한 홍시가 되었다.

나는 할머니 젖가슴을 만지며 긴 겨울밤을 보냈다. 쉽게 잠들지 못하고 칭얼거리는 내게 할머니는 소나무 껍질처럼 거친 손바닥으로 등을 쓸며 자장가를 불러줬다. 남들 다 있는 엄마의 부재가 궁금해 하루에도 몇 번씩 되묻던 어린 손녀에게 단지장골 밭에 홍시 따러 갔으니 곧 올 것이라며 달랬다. 자고 일어나면 언제나 윗목에는 홍시 두 개가 있었다. 하얀 눈 내리는 겨울밤 호롱불 아래서 먹던 홍시는 엄마를 향한 그리움이 밴 맛이었다.

삶의 징검다리를 부지런히 건너 나도 결혼해 두 아이를 낳았다. 첫아이 일곱 살이 되던 해 감꽃이 필 무렵이었다. 홍시를 따 온다던 엄마가 선물처럼 홀연히 나타났다. 꿈에도 그리고 생시에도 그리던 엄마였다.

그때까지 남편은 장모님 사랑을 경험하지 못한 사람이었다. 이후 우리 내외가 가면 엄마는 온갖 정성을 다해 밥상을 준비해 놓고 있었다. 따뜻한 밥에 아삭한 김장 김치, 색다른 찬이 정갈하게 놓인 엄마의 밥상이었다. 이 따뜻함을 얼마나 그리워했던가. 남편 앞에서 내 어깨가 처음으로 으쓱해졌다.

그 후로 나는 엄마가 신기루처럼 사라질 것 같아 확인하는 버릇이 생겼다. 그날도 전화기를 들었다. 전화기 너머 엄마의 목소리가 심상치 않았다. 숨을 쉴 수 없을 만큼 위급상황이었다. 해소천식이었다. 단숨에 달려갔다. 해소천식이 심해 전에도 여러 번 이 증상으로 입원했다면서 입원 준비를 하고 있었다.

망설이지 않고 내가 사는 읍내 종합병원으로 모시고 왔다. 의사는 대수롭지 않다는 듯 주사와 일주일 치 약을 처방해 주었다. 그 후로 그 증세는 씻은 듯 나았다. 30년을 넘게 괴롭히던 엄마의 병은 나 때문에 생긴 병이었다. 세상의 혈육이라곤 딸자식 하나뿐인데 만날 수 없어 얻은 병이었다.

그해 여름 우리 가족은 엄마와 함께 옛 고향 마을 찾았다. 그리움을 묻었던 구부러진 신작로가 환하게 우리를 반겼다. 단지장골 밭으로 오르는 조붓한 산길을 올랐다. 도랑물이 졸졸 흐르는 계곡에서 돌멩이를 들썩이니 가제가 기어 나왔다. 함께 간 두 아이의 환호성이 골짜기를 흔들었다. 단지장골 밭의 감나무도 흐뭇한 미소를 짓는 듯했다.

주홍빛 둥근 감이 곶감이 되듯 우리의 시간은 무심히도 흘렀다. 이제 여든 노모는 아무리 주어도 모자란 사랑을 품어 안고 이제나저제나 내 소식에 어두운 귀를 세우신다.

감꽃이 필 무렵 엄마를 만났던 그때를 생각하며 휴대폰을 꺼내 단축키 1번을 누른다.

(음성신문 2020. 12.)

두 어머니

한적한 고갯길로 접어들었다. 봄 숲은 연초록에서 진한 초록으로 나날이 변하고, 잎의 반짝거림 또한 윤기를 더해가고 있었다. 산모퉁이 야산에 핀 하얀 찔레꽃 무더기에 눈길이 머문다. 꽃잎 위에 그리움이 묻어난다. 가정의 달 오월은 서로 안부를 묻고 만나는 달이기도 하다.

나는 창으로 들어오는 상쾌한 바람을 맞으며 친정어머니를 만나기 위해 노송리 고갯길을 넘어가고 있다. 오늘 어른들을 모시고 식사와 쇼핑을 할 예정이다. 내게는 두 분의 어머니가 계신다. 낳아준 분과 길러 주신 두 분은 동서지간이다.

모든 것이 부족했던 시절 두 동서는 시부모 모시고 한집에 살았다. 다랑논 몇 마지기와 산비탈 따비밭 서너 곳이 전부로 넉넉한 살림은 아니었다. 그것만으로는 안 되었던지 아버지와 작은아버지가 도회지로 돈벌이를 나가신 것이다.

지아비 없는 집을 지키며 두 동서는 서로 의지하며 시부모님을 모셨다. 일 년 후 내가 태어났으며 아버지도 객지에서 기반을 잡아가고 있었다. 그러나 숙모님을 돌보는 작은아버지에 반해 아버지는 시골의 아내를 잊은 듯 돌아오지 않았다. 멀어진 남편의 마음을 잡을 수 없었던 어머니는 동서에게 간곡한 부탁과 함께 돌 지난 아기를 맡기고 집을 떠났다. 그렇게 내 유아기는 엄마라는 단어를 잊어버린 시기였다.

작은어머니는 하루에도 몇 번씩 아궁이 불씨를 살려 아기가 먹을 미음을 끓였으며, 잦은 병치레로 보채는 아기와 뜬눈으로 수많은 밤을 지새웠다고 한다. 작은어머니의 사랑과 노고로 나는 성장할 수 있었다. 그렇게 걱정 없이 자란 내가 중학교 진학을 위해 도시의 아버지 집으로 보내지면서 바뀐 환경에 적응하지 못했다. 혼자라는 두려움에 마음은 늘 가시에 찔린 것처럼 아렸다. 그럴 때 가슴으로 꺼내 보던 고향집 마당은 나의 유일한 안식처였다. 가끔 꿈속에서 만나는 고향집 마당은 비질이 깔끔하게 되어있고, 할머니와 작은어머니의 인자한 미소가 햇살처럼 퍼져 있다.

얼마 전 자식들을 한자리에 불러 모아 가족사진을 찍었다. 그리고 가장 잘 보이는 거실 벽면에 걸어두고 들며 날며 보고 있다. 가끔은 가만히 서서 한참을 들여다보기도 한다. 내 어릴 적 일을 생각하면 단란한 가족사진 한 장이 얼마나 소중한지…. 나는 가족의 일이라면 물불 가리지 않고 달려간다. 특히 자식들의 호출

이 있을 때면 남편이 불편함을 호소해도 뒤도 돌아보지 않고 집을 나선다. 누구에게나 가정이 소중하지만, 나는 가족에 대한 애착이 남다르게 깊다.

가족을 만들기 위해 나는 스물한 살 되던 해 이른 결혼을 했다. 아들딸이 태어났고 시부모님을 모시고 살면서 크고 작은 목소리가 담장 안에 울리기도 했다. 진정한 가족의 울타리가 견고해져 안심하고 지낼 때였다. 그때까지 깜깜무소식이던 어머니에게서 연락이 왔다.

얼굴도 모르는 어머니를 만나기 위해 친정 고모가 동행해 줬다. 덜컹거리는 시골길을 달려 한적한 시골 마을에 도착했다. 몇십 년을 기다려 온 만남이 한순간에 이루어졌다. 꿈에라도 한번 만나기를 소원했던 어머니, 순간순간 그리도 간절히 생각났던 어머니를 만났다. 그날 우리 집으로 모셔 와 작은어머니를 비롯해 친인척들을 만나게 해드렸다. 두 분은 조금의 원망도 없이 밤을 지새우면 서로를 이해하고 위로했다. 그러나 내 마음에 쌓인 응어리는 쉽사리 풀리지 않았다. 아버지 때문에 겪은 고통은 이해하지만, 어린 것을 두고 떠나버린 냉정함을 어찌 한 번의 만남으로 이해할 수 있을까.

세월이 흘러 이제는 어머니의 지난 삶을 온전히 이해하게 되었다. 풀릴 것 같지 않던 단단한 응어리가 풀린 것이 무엇보다 감사한 일이다.

오늘 한적한 고갯길을 넘어 어머니를 모시고 왔다. 치매 증세로 아기가 되어가는 작은어머니와 함께 꽃구경에 나섰다. 두 어머니를 양손에 꼭 잡고 옷 가게에 들러 마음에 드는 색상의 옷도 고르고, 맛난 식사도 하며 행복한 시간을 보냈다. 자리를 잡고 앉자 두 분은 시집살이하던 고달팠던 옛이야기를 쏟아놓는다. 그 이야기에서 나는 스물셋 나이에 혼자 자식을 감당할 수 없는 외롭고 힘들었던 어머니를 보게 되었다.

깊어 가는 신록만큼이나 감사함이 짙은 오월이다. 팔십 노모의 자식 걱정은 아낌없이 준 사랑도 모자라 기도로 하루를 보낸다. 석양의 붉은 노을처럼 아름다운 두 분의 어머니, 내 어머니를 비롯한 세상 모든 어머니의 마음이 오월의 신록처럼 푸르르기를.

(글밭 2016.)

집으로

창으로 들어온 볕이 병실 안 눅눅한 습기를 말린다. 창가에 누운 남편 얼굴에 내려앉자 찡그렸던 표정이 펴진다. 햇볕이 안으로 점점 깊게 들어오자, 커튼이 하나둘 열린다. 비 온 뒤 만난 볕은 더욱 반갑다. 잔뜩 흐렸던 마음마저 밝아지고 있다.

남편은 2주일 전에 응급실로 실려 왔다. 머리맡에 켜진 맥박, 심전도, 산소포화도, 체온 등을 측정하는 기계의 붉은 경고음이 연신 소리를 내며 깜빡인다. 몸에 주렁주렁 링거 줄을 단 남편에게 커다란 기계들이 차례로 들어와 검사를 하고 갔다. 새벽녘에야 검사가 끝났고, 결과를 기다리는 동안 온몸의 세포가 곤두섰다. 의사가 컴퓨터 앞으로 나를 불렀다. 한 달 전에는 없던 폐렴이 발견되었다며 조곤조곤 심각성을 설명한다. 다행히 빠른 대처로 위험한 고비를 넘겼다며 날이 밝자 입원실로 옮겨주었다.

남편의 몸이 조금씩 회복되기 시작하자 긴장이 풀리고 피곤이 몰려왔다. 얇은 담요 하나로 밤새 뒤척이며 잠을 설치는 내게 옆 병상의 보호자가 이불을 얻어다 주었다. 그제야 병실 안의 이웃들이 보이기 시작했다. 옆집과의 거리가 세상에서 가장 가까운 곳, 이곳에서는 이웃의 숨소리도, 작은 뒤척임도 여과 없이 들린다. 얇은 커튼 한 장이 높은 담이 되기도 하고, 가까운 이웃으로 서로의 아픔을 위로하고, 필요한 정보를 주고받기도 한다.

마주 보는 병상에 지극정성 아버지를 간호하는 딸과 많은 이야기를 했다. 80대의 아버지가 암이 발견되고 투병이 시작되자 그녀는 3개월간 휴직을 내고 달려왔다고 했다. 얼마 남지 않은 아버지의 시간을 함께하기 위해서라고 했다. 요즘 보기 드문 부녀지간의 사랑에 나도 모르게 코끝이 찡했다.

며칠 전, 병원에서 필요한 물건을 가지러 집으로 가는 길이었다. 하늘은 유난히 맑고 푸른데 옆자리가 휑하니 비어 가슴이 저렸다. 남편과 함께 하루빨리 이 길을 따라 집으로 갔으면 좋겠다고 생각했다.

'아름다움은 언제나 거기에 있었지만, 진실로 그것을 깨달을 수 있는 순간은 몹시 드물었다. 우리는 누구나 불행과 고통, 비탄의 날을 견뎌낼 힘을 발견하게 되어있다.'

요즘 읽고 있는 책, 제인 구달의 『희망의 이유』에서 언급한 내용이다.

2주간 입원하고 있는 동안 주렁주렁 매단 줄이 하나둘 걷히고 남편도 생기를 되찾았다. 입원실의 이웃들도 하나둘 집으로 돌아갔다.

　식사 때가 되자 식판에 몇 가지 찬과 죽이 나왔다. 입맛이 없는지 남편은 몇 숟가락 먹다 수저를 놓는다. 밑반찬 두 가지가 있지만 입맛을 돌게 하지는 못했다. 잘 먹어야 회복도 빠를 텐데. 하루빨리 집으로 돌아가 남편이 좋아하는 찬을 정성으로 만들고, 갓 지은 밥과 구수한 숭늉을 맛있게 먹는 상상을 해본다. 내가 진실로 원하는 것은 남편과 소박한 밥상을 마주할 수 있는 것이란 걸 문득문득 깨닫는다.

　내일은 퇴원해도 좋다는 주치의의 말에 남편 얼굴에 웃음꽃이 활짝 핀다. 남편의 미소에 퇴원 후의 시간표가 자동으로 그려져 내 마음이 바빠진다.

　'남편이 편안하게 회복할 수 있도록 온·습도를 적당히 조정해야지. 침구와 옷은 가볍고 따스한 걸로 고르고, 음식은 소화도 잘되고 남편이 좋아하는 북엇국을 준비해야지.'

　따스한 밥상 앞에 부부가 함께 마주하는 것. 45년 누려온 일상이 얼마나 특별한 일이었는지 새삼 깨닫는다. 귀한 줄 몰랐던 그 특별함을 마음껏 누리기 위해 내일이면 우리 부부는 집으로 간다.

(충청타임즈 2022. 12.)

방정소나무

건강검진을 받았더니 빠른 시일 안으로 재검을 받으라는 결과가 나왔다.

몇 년째 투병 중인 남편과 병원 출입이 잦은 나는 지레 겁을 먹었다. 울적한 마음을 알아챘는지 남편이 바람 쐬러 가자고 했다. 4차선 넓은 길을 한참 달려 조붓한 시골길로 접어들었다. 경북과 충북의 경계선 부근에 이르자 낯익은 풍경이 창밖으로 스친다. 대를 이어 농사짓던 우리 밭 옆 수려한 노송 방정소나무 아래에 차를 세운다.

나를 향해 손짓하듯 바람이 인다. 뺨을 스치고 코끝으로 전해진 솔향에 그리움이 묻어난다. 오랜만에 할머니를 만난 것처럼 푸근하다.

400년 넘는 세월을 이곳을 지킨 노송은 굵은 가지를 뻗어 서쪽 볕을 가렸다. 그늘이 어찌나 넓은지 굵은 쇠기둥 세 개가 나뭇가지를 받치고 있다. 더위에 지친 이들이나, 이곳을 지나는 사람들 그 누구라도 어김없이 여기에서 숨을 고르고 잠시 쉬어가게 마련이다.

노송 앞에서 세 갈래의 삼거리를 바라본다. 각기 다른 이유로 사람들이 오가는 길이다. 냇물을 건너 깊고 높은 산길을 따라 은티재를 넘으면 충북 땅 연풍으로 이어진다. 조붓한 언덕길은 단지장골로 가는 길이다. 마을로 내려가는 넓은 길을 바라보고 있자니 가슴에 잠들었던 기억들이 하나둘 살아난다. 꾹꾹 눌러 애써 외면했던 알싸한 아픔의 그리움이다.

노송은 알고 있다. 아버지의 외면으로 시린 속을 달래며 힘든 날을 견뎌야 했던 어머니의 고통을, 어린 자식을 숙모께 맡기고 끝내 은티재를 넘어야만 했던 엄마의 속울음을…. 돌 지난 아기가 밤낮없이 울 때, 젊은 숙모님은 아기를 업고 달빛 아래를 서성였을 것이다. 할머니와 숙모가 밭일할 때면 노송 아래에 멍석이 깔리고 아이는 놀다 바람결에 잠이 들곤 했다. 채워지지 않던 허기에 늘 외롭던 아이, 할머니는 밤마다 그 아이를 꼭 안아 주셨다. 적삼에 밴 땀 냄새가 위안이 되던 기억들이다.

"할매, 나는 왜 엄마가 없어?"

"단지장골 밭에 홍시 따러 갔어. 곧 올 거여."

방정소나무 그늘은 어린 내가 홍시를 들고 돌아올 엄마를 하염없이 기다리던 곳이기도 하다.

내가 은티재를 넘어 황망한 마음으로 돌아오던 때가 있었다.

그때 일이 어제 일인 듯하다.

아버지 집으로 보내진 지 2년 되던 해, 섬처럼 막막한 시간을 보내고 있을 때였다. 할머니가 위독하다는 소식을 듣고 고향 마을 고모부가 오셨다. 황망한 소식에 서둘러 출발했지만, 연풍에서 차가 끊겼다. 고모부는 할 수 없이 은티재를 넘어야 한다고 하셨다. 달빛이 환히 비추는 산길로 접어들자 여기저기서 산 짐승 울음소리가 들려왔다. 뒷날 들은 이야기로 그날 고모부는 어린 내가 무서울까 봐 드러내지 않았지만, 산짐승의 눈빛을 보고 등에 식은 땀까지 흘렸다고 했다. 산짐승들이 설치는 골짜기를 대비도 없이 어린 손을 잡고 걸었으니 오죽했을까. 그때 나는 무서움 속에서도 할머니를 만나야 한다는 일념으로 걸음이 빨라졌다. 밤이 깊어서야 등불을 환하게 밝힌 고향집에 도착했다. 무심히 나를 바라보던 할머니는 다음 날 하늘에서 나를 지키는 별이 되셨다.

옹기종기 모여 사는 마을을 지켜본 방정소나무는 담장 안에서 일어나는 크고 작은 애경사를 지켜보았다. 좋아도 너무 달뜨지 말고, 아파도 너무 속 끓이지 말라고, 견딜 만큼의 몫을 주는 것이니 겪을 만큼 겪어야 지나간다고 일러준 소나무다.

남편의 표정도 밝고 환하다. 울적하던 내 마음도 어느새 편안해진다. 삶에 지쳐 찾아오는 그 누구에게도 아낌없는 위로를 주는 방정소나무. 우리 부부도 가벼운 마음으로 발걸음을 옮긴다.

(한국수필 2022.9.)

풀꽃 앞에서

이른 봄이었다. 흙 한 줌 없는 콘크리트 바닥과 벽 사이 작은 틈으로 새싹이 돋아났다. 여린 싹은 한여름 열기를 이겨내고 줄기마다 노란 꽃을 피워댔다. 꽃 진 자리에 여문 씨앗이 하얀 솜털을 달고 바람결에 사방으로 흩어졌다. 풀벌레 소리 들리는 추분까지 꽃 피우기를 멈추지 않는 생명력에 이름이 궁금했다. 쪼그리고 앉아 자세히 보니 씀바귀다. 한 포기의 풀에 불과하지만, 목심 박힌 줄기가 나무처럼 튼튼해 대견한 시선으로 바라본다.

지난여름의 아스팔트 열기는 여린 싹을 녹일 만큼 뜨거웠다. 작은 실뿌리는 한 모금의 물을 찾아 깊이 내려갔으며 새벽이슬로 겨우 연명했을 것이다. 폭염 뒤에 찾아온 긴 장마는 겨우 지탱하던 생명을 지울 기세였다. 억수 같은 빗줄기에도 몸을 엎드리며 삶의 끈을 부여잡았을 것이다. 풀꽃 한 포기에 이리도 감정이입을 하는 것은 자꾸만 내 어릴 적 일이 떠 올라서다. 이 풀꽃처럼 나도 열악한 상황에 맞서 적극적인 삶을 살았더라면 내 삶이 지금보다 나아졌을까.

　사춘기로 접어들 무렵 나는 아버지와 함께 살게 되었다. 한집에 사는 다섯 명의 이복동생은 나와 다른 세계에 사는 형제들 같았다. 내가 꼭 필요한 소지품 하나 살 돈을 타 내려고 큰 용기를 내야 할 때, 동생들은 과한 요구도 거침없이 했고 새어머니는 척척 들어주었다. 아버지조차 내게 관심이 없자 마음 붙일 곳이 없었다. 학교 수업을 마치고 올 때는 내게만 냉랭한 집안 분위기가 떠올라 지붕만 보여도 쭈뼛 머리가 서고는 했다. 설상가상으로 집안일을 돕던 언니가 나가버렸다. 언니가 하던 일은 내 차지가 되었다.　안간힘을 쓰며 버티던 나는 가출을 감행했다.

　가출했지만　갈 곳이 없던 나는 무작정 고향을 찾아갔다. 할머니가 돌아가시고 가족들은 모두 음성으로 이사한 후였다. 고향집은 먼 친척이 살고 있었다. 할머니의 사랑이 곳곳에 배인 곳, 마당으로 들어서자 눈에 익은 사물들이 달려와 나를 와락 안아주는 것 같았다. 너나없이 어렵던 시절이었다. 내 처지를 들은 친구가 함께 부평의 봉제공장에 가자고 했다.

　기숙사 생활이 시작되었다. 그곳에는 또 다른 내가 무수히 많았다. 가족의 생계를 책임지고, 동생들의 학비를 보태고, 제각각의 이야기를 가슴에 담은 채 빵 하나로 허기를 채우며 야간작업을 마다하지 않았다. 항상 봉급이 모자라던 친구들과 달리 나는 착실히 돈을 모았다. 열심히 돈을 모아 중단했던 공부를 해 선생님이 되고 싶었다. 선생님이 되면 좋겠지만, 못 되더라도 지금의 나로 주저앉지는 않겠다고 다짐했다. 밤이면 군인들의 숙소처럼 양쪽으로 나란히 누워 잠을 청했다. 불편한 잠자리였지만 친한 사람끼리 마음을 나누며 서로에게 힘과 위로가 되어 주었다.

그때부터 할아버지의 부음을 받고 집으로 돌아오기까지 3년, 내가 세상을 보는 마음의 눈을 키우는 시간이기도 했다. 동생들은 순조롭게 제 꿈을 키워나갔다. 그중에서 나는 교원대로 진학한 남동생이 제일 부러웠다. 동생과 달리 내 꿈은 너무도 멀리 있었다. 그 꿈은 상상으로도 닿을 수 없게 멀어져 갔다.

세월이 많이 흘렀다. 먼 길을 돌아 결혼 후 엄마가 되어서야 어렵게 학업을 마쳤다. 직장을 얻어 17년간 공무를 수행하고 퇴직했다. 지금은 아이들과 숲의 비밀을 공유하는 숲 선생으로 활동하고 있다. 꿈을 담아 흩날리는 풀꽃 씨앗을 바라보며 포기하지 않았던 지난날의 내 열정에 박수를 보낸다.

(충청타임즈 2023.10.)

비 오는 날의 상념

비가 온다. 커피잔을 들고 테라스로 나가 투명한 차양 위로 구르는 빗방울을 올려다본다. 말끔하게 수리를 마친 집은 비가 와도 이제 걱정이 없다.

나의 무관심에 항의라도 하듯 어느 날 내 앞에 벽 모서리가 툭 하고 떨어졌다. 도색 한 지 오래되어 칠이 벗겨진 자리에 얼룩이 졌다. 처마가 좁아 비바람이 치는 날이면 신발이 모두 젖었다.

보다 못해 집수리를 시작했다. 비가 들이치지 않으면서 볕도 충분히 들도록 비 가림 창을 넓고 높게 올려 달았다. 패이고 허물어진 곳은 석회 반죽으로 복원했다. 초벌 작업한 곳이 단단히 굳자 볕 좋은 날 아저씨가 외벽을 칠하기 시작했다. 벽이 새 옷으로 갈아 입자 새집으로 변모했다. 구석진 곳에 쌓아둔 물건들을 정리하자 바람길이 생겼다. 장마철이면 눅눅하던 곳이 내 마음처럼 보송보송해졌다.

나는 이 집에서 44년째 살고 있다. 신혼 때는 작은 셋방이라도 얻어 살림을 나려고 기회만 엿보았다. 그러나 아이들이 하나둘 생기고 한솥밥 먹는 식구가 늘면서 분가는 자연스레 좌절되었다.

음식 솜씨 좋은 어머님은 여러 칸의 방을 하숙생으로 채웠다. 조석으로 교자상 두 개에 어깨를 맞대고 밥 먹는 이가 열 명이 넘었다. 집안은 그들로 활력이 넘쳤고, 저마다의 사연을 앞마당에 풀어놓기도 했다. 인근 도시 대학교에 다니는 시동생은 친구와 한방을 쓰는데 두 명의 도시락 준비는 아침 시간을 더욱더 바쁘게 했다. 하숙생 중에는 아버님과 동년배분들이 많았다. 중학교 교장과 건설 현장 소장, 바이올린 교습 선생 등등이 있었다.

그때는 쌀이 귀한 시절이라 보리밥을 많이 했다. 보통 보리쌀은 애벌 삶은 뒤 쌀을 보태 밥을 한다. 그런데 어머님이 짓는 보리밥은 그 방법이 좀 특이했다. 보리쌀을 돌절구에 찧어 부드럽게 만든 뒤에 애벌 삶아 더 부드럽게 만든 뒤 그제야 밥을 안쳤다. 그렇게 한 너슬너슬한 보리밥을 하숙생들이 골고루 다 잘 먹었다.

그런데 그 과정이 얼마나 고된지 안 해본 사람은 모를 것이다. 날마다 그 많은 식구가 먹을 부드러운 보리밥을 위해 절구질을 해야 하니 밤이면 어깨 통증으로 잠을 설치기 일쑤였다. 그때 나서준 사람이 시동생이다. 튼튼한 팔뚝으로 힘차게 절구질해 준 시동생이 얼마나 고맙던지. 봉건적 문화가 우리 삶의 바탕에 도도하게 흐르던 당시 내 감정에는 절구질을 도와주던 시동생이 마치 구세주와도 같았다.

부엌에서 두 계단을 올라 대청마루에 밥상을 나르는 일은 하숙생들이 도왔다. 아궁이의 불씨가 꺼질 줄 모르고 굴뚝을 통해 연기가 하루 세 번 힘차게 솟구쳤다. 시간이 지나면서 학교를 졸업한 시동생은 직장을 찾아 떠났다. 하숙생도 줄어 남은 식구는 두리반 상에 옹기종기 앉아 밥을 먹을 때가 많았다.

꿈꾸던 삶이 멀어지고 일이 힘에 부친 나는 속으로 자주 투덜댔다. 겉으로 드러내지도 않았는데 아버님은 그런 내 심정을 딱 알아채셨다. 음성읍장으로 퇴직하신 뒤 향교의 전교, 성균관 전학의 위치에서 유림을 지휘하며 전통문화 계승에 마음 쓰신 분이다.

"어멈아 차 한 하자꾸나."

찻잔을 앞에 놓고 앉으면 아버님은 안타까움을 담은 어조로 내 아픔의 언저리를 쿡 찔렀다. 그러면 나도 모르게 쏟아지는 눈물을 주체할 수 없었다. 며칠의 가슴앓이가 곪은 상처 터지듯 속이 후련해져 다시 힘을 얻고는 했다.

세월과 함께 시부모님은 자연으로 돌아가셨다. 몇 번의 용도 변경을 거친 집은 수많은 이야기를 품은 채 나와 동행하고 있다.

오늘은 비가 오고 바람도 분다. 깔끔해진 집에서 손주들이 찾아오길 기다리지만, 코로나19의 확산으로 가족들도 마음 놓고 드나들 수 없다. 집안에 새로 생긴 바람길로 햇볕과 바람이 넘나들고 있다. 우리 일상도 자유롭게 오갈 수 있는 날을 기다리며 소소한 일상으로 시간을 채우고 있다.

(충청타임즈 2022. 6.)

엘 콘도르 파사

휴일 아침이다. 창으로 들어오는 햇살을 맞으려고 커튼을 젖힌다. 환하게 미소 띤 빛살이 내 품에 들어와 안긴다. 차 한 잔을 준비해 라디오를 켜고 모처럼의 여유를 즐긴다. 귀에 익은 잔잔한 음악이 흐른다. 「엘 콘도 파사 El condor pasa」다. 선율 속에 싸한 기억이 몰려온다. 그 기억 위로 흔적 없이 사라진 줄 알았던 아픔들이 오롯이 살아난다.

70년대에 있었던 일이다. 부산 변두리에 있는 창문이 손바닥만 한 작은 공장에서 햇볕이 있는지조차 모르고 지냈다. 한 달이면 20일 이상 밤 열 시까지 야근했다. 재봉틀 돌아가는 소음과 밤인지 낮인지 온종일 켜진 형광등 불빛 사이로 뿌연 먼지가 춤을 추었다. 와이셔츠를 만드는 그곳은 각자가 맡은 공정이 기계의 톱니바퀴처럼 돌아갔다.

피곤이 몰려와도 견뎌야 했다. 잠깐의 방심도 허락되지 않았다. 재봉틀 바늘이 손가락을 사정없이 찌르기 때문이다. 기침과 가래를 연신 달고 살았지만, 어쩔 수 없이 자욱한 먼지를 마셔야 했다. 빵과 우유를 먹는 잠깐의 간식 시간이 유일한 휴식의 기회였다. 그때 스피커를 통해 간간이 듣는 음악은 지친 마음에 힘을 불어넣어 주었다. 종일 음악이 흐르지만 유독 이 곡이 좋았다. 가슴으로 잔잔한 슬픔이 밀려오는가 하면 무한한 창공으로 날아가는 듯한 자유도 느끼게 해준 곡이다.

달팽이보다는 참새가 되겠어/ 할 수만 있다면 꼭 그럴 거야. 못보다는 망치가 되겠어/ 할 수만 있다면 그렇게 하겠어/ 꼭 그럴 거야…

음악이 끝나자 라디오 진행자의 설명이 이어진다. 이 곡은 어떤 것에도 얽매이지 않고 마음껏 하늘을 나는 콘도르처럼 자신의 꿈이 이루어지기를 기원하는 잉카인의 혼이 담긴 노래라고 했다. 다른 민족의 지배를 받은 잉카 민족의 슬픈 운명에 뿌리를 두었다는 사실도 알게 되었다.

나는 조부모 곁에서 열세 살 무렵까지 살다가 아버지 집으로 보내졌다. 갑자기 바뀐 환경에 적응하지 못했다. 새어머니가 곁을 주지 않은 집에서 마음을 붙이지 못한 나는 가출을 감행했다. 그리고 어찌어찌하다가 봉제공장의 미싱공이 되었다. 둥글게 말린 원단 더미가 높게 쌓여 있던 곳, 그 옆의 작은 공간이 내 유일한 안식처였다. 휴식 시간이면 조용히 그곳에 갔다. 가만히 앉아 있으면 누군가가 찾아와 힘겨운 이 상황에서 나를 구해 줄 것 같은 신데렐라의 꿈을 꾸었다. 간간이 빌려 읽던 책에서 '겨울의 추위가 매서울수록 봄의 나뭇잎은 한층 더 푸르다.'라는 글에 위안받기도 했다.

그때의 산업 역군인 여공들은 나름대로 희망이 있었다. 조금이라도 더 벌기 위해 야근을 했고, 한창 자랄 나이에 식판에 받아먹는 세끼 밥은 겨우 허기만 면할 정도였다. 힘든 일 탓에 배고픔을 참지 못해 저녁 야근 시간에는 회사 안의 작은 매점에서 외상으로 간식을 사 먹었다. 봉급을 받아 외상값을 치르고 나면 가벼워진 월급봉투를 만지며 서운했던 기억이 난다.

늦은 밤에 일을 마치고 자취방으로 돌아와 연탄불에 물을 데워 고양이 세수를 했다. 창문을 사납게 흔들어대는 바람 소리를 벗 삼아 잠자리에 들던 고단한 삶이었다. 그러나 통장의 잔액이 조금씩 늘어나는 것을 보며 각자의 작은 가슴에는 희망의 불씨가 피어나고 있었다. 그 시간은 내게 인내와 끈기, 주변의 많은 이들과 함께 성장하며 사랑하는 법을 가르쳐 주었다.

그때 함께했던 봉제공장의 동료 선 후배들의 모습이 떠오른다. 서로를 보듬고 격려하며 자신의 미래를 설계하던 작은방도 생각난다. 월세를 아끼기 위해 단칸방에서 다섯 명이 함께 살았다. 얼굴이 가장 예쁜 내 또래 친구는 옷과 화장품에 관심이 많아

봉급이 항상 모자랐다. 팔 남매의 맏이라는 언니는 봉급 대부분을 부모님께 송금하였고, 대구 근교 농촌 마을이 고향인 언니는 결혼자금을 모으고 있었다. 고단한 삶 속에서도 그곳의 친구들은 희생이라 말하는 이가 없었다.

꽃샘추위가 봄을 시샘하던 날이었다. 모처럼의 휴일, 우리는 나름대로 멋을 부리고 해운대를 찾았다. 넓은 백사장과 푸른 바다를 바라보니 그동안 지쳐 있던 몸과 마음의 피로가 한꺼번에 날아가는 기분이었다. 봄볕이 내리쬐는 모래 위를 맨발로 걸었다. 그때 우리 앞으로 또래의 남녀학생이 삼삼오오 짝을 지어 뛰어오고 있었다. 단정한 용모에 깔끔한 차림새였다. 까르르…. 그들의 웃음소리는 허공에 흩어져 은빛 가루가 되어 날렸다. 넓은 바다, 하늘과 맞닿은 듯 끝없는 수평선은 푸른 꿈을 꾸는 그들과 닮은 것 같았다.

그들 모습을 물끄러미 바라보던 나는 초라한 내 처지에 마음 한 곳에 휑하니 찬바람이 일었다. 그날 동료들이 모두 잠든 밤, 나는 잿빛 어둠과 마주 앉아 뜬눈으로 밤을 지새웠다. 반드시 내 하늘을 만들어 활개 쳐 날아보리라 다짐했다.

이튿날 새벽은 신선했다. 비로소 내 가슴에 꿈이 생겼기 때문이다. 새벽녘에서야 거부할 수 없는 현실을 직시하고 일터로 씩씩하게 발걸음을 옮겼다.

삼십여 년이 흐른 지금, 그때의 동료들은 모두 달팽이가 아니

라 독수리가 되어 오늘이라는 세상을 맘껏 날고 있으리라. 그
안의 한 사람, 나도 두 날개를 활짝 펴고 비상을 꿈꾸고 있다.

(한국수필 2017. 5.)

내리사랑

며칠 전에 엄마의 전화를 받았다. 이웃집에서 농사지은 마늘이 실하고 굵어 서너 접 사놓았는데 언제 올 거냐고 하셨다. 그러고 보니 엄마에게 다녀온 지 한 달이 넘어 두 달이 다 되어가고 있다. 돌아오는 토요일에 가겠다고 했다. 아마 내가 많이 보고 싶으신 게다.

직장에 다닐 때는 그나마 자주 뵈었다. 직장과 거리가 가까워 퇴근길에 냉장고를 채워 드리고는 했다. 갈 때마다 엄마는 밑반찬을 장만하고, 텃밭의 채소를 다듬어 두었다가 주셨다. 그리고 보니 내가 아쉬워서 엄마에게 달려갔던 것이다.

이제 엄마는 딸 바라기가 되셨다. 다행히 건강이 그만하셔서 보행기를 밀고 성당과 노인정을 다니며 무료함을 달래면서도 마음은 딸이 오는 날만 손꼽아 기다린다. 세상은 볼거리도 즐길 거리도 많지만, 구순의 엄마와는 상관없는 것들이다. 오로지 자식 바라기로 시간을 보내는 어머니, 그러나 자식은 스케줄이 너무 많다. 보통 한 달에 한 번씩은 들렀는데, 이번에는 두 달이 가깝도록 얼굴을 못 보니 그 맘이 오죽하겠는가.

나는 엄마와 만나면 함께 식사하고 다음 코스로 창이 넓은 카페로 간다. 증평에 인접한 시골 동네에 분위기 좋은 카페가 여럿 있다. 엄마는 그곳에 가는 것을 좋아하신다. 마주 앉아 그동안 궁금했던 이야기를 하고, 이웃들에게 받은 고마운 마음을 내게 꼭 전하고 싶어서다. 뒷집에서 다슬깃국과 묵을 갖다줘서 맛있게 먹었고, 장터의 똘똘이 엄마가 쑥을 뜯어 떡을 해왔다고 자랑하셨다. 엄마는 이렇듯 소소한 이야기를 나와 나누고 싶은 것이다.

약속한 토요일이다. 아침 일찍 냉동실 문을 열고 엄마께 가져갈 물건들을 챙기는데 부천 딸에게서 전화가 왔다.

"오늘이 서윤이가 참가하는 '대한민국 무용 예술경연대회' 날이에요. 서울까지 가려면 주말이라 많이 밀리니 조금 일찍 출발해 주세요."

아뿔싸! 지난달 손녀와 철석같이 한 약속을 깜빡 잊고 있었다.

한 달 전이었다. 손녀는 그동안 열심히 배운 발레 실력을 인정받기 위해 경연대회에 참가한다고 했다. 연습할 때는 힘이 들지만, 선생님의 칭찬 한마디에 기분이 좋아 힘들었던 것을 잠깐 잊기도 한다고 했다. 무대에 서는 것이 떨리기는 해도 그동안 열심히 준비한 것을 할머니께 꼭 보여드리고 싶어요, 라는 말에 손가락 걸고 약속했는데, 달력에 적어놓지를 않아 정확한 날짜를 잊고 지냈다.

이왕에 가려면 서둘러야 한다. 지금 출발해야 늦지 않게 서울 경연장에 도착할 수 있기 때문이다. 나는 엄마 마음을 알면서도 손녀와의 약속을 지켜야 한다는 핑계를 재빨리 떠올린다. 그동안 갈고닦은 실력으로 첫 무대에 서는 손녀의 모습을 놓치고 싶지 않다는 마음이 더 간절해진다. 결국 엄마에게 가려던 발걸음을 돌려 손녀에게로 간다.

며칠 후 엄마를 찾아뵐 때는 증조할머니께 전하는 손녀의 메시지를 들고 갈 것이다. 증손녀가 첫 무대에 선 동영상을 보면 얼마나 좋아하실까. 엄마의 환한 미소를 상상하며 부천으로 달린다.

(충청타임즈 2024. 6.)

2

쑥부쟁이 둘레길

쑥부쟁이 둘레길

이른 아침 용산 저수지 둘레 길을 걷는다. 저수지를 감싸안은 듯 포근하게 둘러싼 오른쪽의 산을 올려다본다. 소슬한 바람이 얼굴을 스치며 지나간다. 저수지를 두 바퀴 돌고 숨을 고르느라 나무 의자에 앉는다. 물속에는 길을 잃은 듯 달이 희미하게 잠겨 있다.

건너편 휘돌아 간 산자락 길을 노부부가 걷고 있다. 불편한 다리를 절룩이는 할머니의 손을 할아버지가 잡아주기도 하고, 기다리기도 하며 보폭에 맞추어 천천히 걷는다. 그 모습이 보기 좋아 눈을 떼지 못하는데 코끝이 찡해 온다.

나도 작년 가을에는 남편과 이 길을 자주 걸었다. 쑥부쟁이꽃이 지천으로 핀 둘레 길에서 우리는 두런두런 이야기꽃을 피웠다. 서로 의지하며 피어나는 쑥부쟁이처럼 우리도 서로 의지하고 서로의 마음을 살폈다. 흔들리는 그 꽃이 피기까지 척박한 땅에서 계절마다 가뭄과 추위를 견디기 위해 무던히 애썼을 꽃.

뿌리는 땅속으로 뻗어 이웃과 손을 맞잡았고, 토사 등의 위험 앞에서는 잡은 손에 더욱 힘을 주며 이겨냈을 것이다. 한번 뿌리 내리면 주변의 다른 식물이 침범할 수 없을 만큼 무리 지어 서로를 보듬는 쑥부쟁이. 우리 부부에게 보랏빛 밝은 꽃은 희망이고 사랑이었다.

쑥부쟁이만큼이나 강인한 정신을 가졌던 남편은 예고 없이 찾아든 병마와 긴 세월을 씨름했다. 남편의 투병 중에 우리는 자주 이곳을 산책했다. 불안한 마음을 자연에서 위로받고 용기도 얻었다. 그렇게 최선을 다했지만, 남편은 지난겨울 홀연히 내 곁을 떠나 자연으로 돌아갔다. 혼자 남겨진 나는 무력감과 목적 없는 삶에 허우적거리며 우두커니 혼자 보내는 시간이 길어지고 있다.

남편의 부재는 나를 수시로 흔들리게 하고, 그리움은 곳곳에서 고개를 든다. 결혼 생활 46년은 둘의 추억에 비례해 원망도 쌓였다. 그런데 이상하다. 원망은 간곳없고 잘해 주지 못한 후회만 가득하다. 생명이 소중한 것은 죽음이 있기 때문이라는 역설이 가슴을 아프게 한다.

원룸을 운영하는 우리 집은 손볼 곳이 자주 생기는데 그때마다 남편이 해결하고는 했다. 이제는 그런 일이 생길까 봐 겁부터 난다. 며칠 전에는 멀쩡하던 수도꼭지에 연결된 샤워기 줄이 빠졌다고 원룸에서 연락이 왔다. 앞으로도 빈번히 발생하게 될 일 앞에서 난감했다. 그때 남편이 늘 내게 일러주던 말을 생각했다.

"무슨 일이든 차분하게 마음먹고 천천히 하면 돼. 필요한 연장은 공구함에 다 있어."

기술자를 부를까 망설이다 직접 해보기로 마음먹었다.

철물점에 가서 수도꼭지와 샤워기 연결 대를 샀다. 공구함을 열어 스패너, 니퍼, 펜치 등을 꺼냈다. 그리곤 찬찬히 교체하기에 도전했다 여러 번 시도 끝에 드디어 해냈다. 남편이 흐뭇한 미소로 보고 있는 것 같았다. 이제는 형광등도 교체할 수 있겠다는 용기가 생긴다.

모처럼 찾은 쑥부쟁이 둘레길, 남편의 발자국 위에 내 발자국을 놓아본다. 그 사람의 따뜻한 마음과 강인했던 정신이 나를 일으켜 세운다. 뫼비우스 띠의 경계 없는 한 사슬에 연결된 고리처럼 눈에 보이지는 않지만, 우리는 같은 시공 時空에 있다는 생각으로 스스로를 달랜다.

언젠가는 나도 그 사람이 있는 세상으로 넘어갈 것이다. 그리고 오늘 찍은 나의 발자국도 사라지겠지. 그 위로 또 다른 이들의 발자국이 이야기로 새겨질 것이고, 세상은 그렇게 앞을 향해 나아갈 것이다.

저수지 둘레길을 돌아 나오며 고개 들어 하늘을 본다. 달은 서산으로 넘어가고 동쪽에서 해가 솟고 있다. 거울처럼 맑은 물 속은 하늘도 산도 모두 담겨 더욱 파랗다. 이 모두가 하나의 대자연이고 그 어디쯤인가에는 나도 남편도 자연의 작은 조각으로 존재하는 것이 아닐까. 그렇게 생각하며 이곳 쑥부쟁이 길을 걸으면 자연의 일부로 언제든지 남편을 만날 수 있을 것만 같다.

저 하늘 어디에선가 잔잔한 미소로 내려다보며 잘 해낼 수 있다고 응원하는 남편이 있을 것만 같아 자꾸 하늘을 올려다본다.

(충청타임즈 2023. 7.)

질경이

천변 풍경이 평화롭다. 서늘한 바람결에 아침 운동을 하는 사람들의 눈빛이 선하다. 낯익은 얼굴도 여럿 만났다. 족히 한 시간을 걸었을까. 천변 가에 놓인 벤치에 앉았다. 벤치 앞의 풀은 사람들의 발길에 밟혀 제대로 자라지 못했다.

모래가 훤히 보이는 곳에 삐죽이 솟은 빈약한 대공과 눈이 마주쳤다. 가까이 가서 본다. 잎은 형체도 없고 가녀린 대공에 점점이 씨를 단 질경이 꽃대가 홀로 서 있다. 질경이는 소달구지가 지나다니며 연일 밟아도 질기게 살아남았다 하여 붙여진 이름이라고 한다. 메마른 모래땅에서 사람 발길에 차이고 밟히면서도 살아남았다니! 그 이름에 걸맞은 생명력을 가진 질경이에서 남편의 모습을 본다.

남편은 활달하고 의협심이 강해 내 집 일보다 남 일로 열을 올릴 때가 많았다. 경제적 곤경에 빠진 친구에게 쌀과 연탄을 들여 주고 살피는 일은 예사고 의리를 앞세우는 그의 주변에 친구들이 끊이지 않았다. 퇴직 후에는 친구들을 위해 집에 만남의 장소도 꾸며 놓았다. 합당한 구실을 찾느라 바쁜 그에게 내 불만은 쌓여갔지만, 그렇다고 가정에 소홀하지는 않았다. 남의 일에 해결사를 자처하던 그가 요즘은 내 말이라면 무조건 따르고 있다. 투병 생활을 시작하고부터다.

젊어서 한때 사업에 실패하고 그는 차분히 준비하여 뒤늦게 공직사회에 입문했다. 직장 일은 몇 년이 지나도 그에겐 만만치 않아 보였다. 술에 취해 귀가는 날이 잦았고, 한숨 소리 깊어만 갔다. 승진의 기회가 몇 번씩 좌절할 때는 사표라도 던지고 올 것 같아 덜컥 겁부터 났다. 나는 그저 바라보기만 할 뿐, 힘들면 그만두라는 말도 못 했다. 가족이란 짐이 그의 두 어깨에 달렸으니 꼼짝달싹 못 하고 30년 넘도록 그렇게 밥을 벌어왔다.

퇴직 후 블루베리 묘목을 가꾸기 시작하면서 남편 표정이 밝아졌다. 직장을 다닐 때는 보지 못한 열정이었다. 묘목을 심고 가꾸는 모습은 자신 속에 크지 못한 자아를 가꾸는 듯 보였다. 나무는 그 정성에 힘입어 하루가 다르게 커갔다. 종일 해가 머무는 그곳을 나는 '햇살 품은 농장'이라 이름 지었다.

3년이 지나자, 나무는 밭고랑의 흙을 모두 덮고 푸른 물결로 일렁였다. 농촌지도소에서 영농교육 실습장으로 선정하여 많은 사람이 찾아오곤 했다. 직장에 다니던 나는 남편을 돕지는 못해도 칭찬과 격려는 아끼지 않았다.

"농사일이 고단해서 어떻게 해요? 당신 정말 대단해요."

나의 격려에 그이는 빙그레 웃을 뿐이었다. 우리가 식탁에 마주 앉으면 남편은 언제나 농장 일로 할 이야기가 많았다. 두더지와 선녀 나방 퇴치 방법, 퇴비는 무엇으로 줄까 등등. 농사 이야기를 할 때 그의 눈에는 생기가 넘쳤다. 직장 생활할 때와는 달리 활력 넘치는 하루하루였다.

너무 무리한 탓이었을까. 남편이 오래전부터 방치했던 허리에 디스크 병이 도졌다. 아홉 시간의 긴 수술을 했다. 얼굴이 반쪽이 된 그를 부축하고 퇴원하던 날, 담당 의사는 소견서를 써주며 호흡기 내과를 가보라고 했다. 엎친 데 덮친 격이라더니 연이어 나쁜 일이 찾아왔다. 서울의 H 병원을 찾아 입원하고 검사를 받았다. 폐암이 전이되어 수술할 수 없이 진행되었다는 의사의 설명에 머리를 쇠망치로 맞은 듯 눈앞이 캄캄했다. 그렇게도 애지중지하던 농장을 치료를 위해 남의 손에 넘겼다.

우리를 위해 걱정하는 주변의 약방문이 천차만별이었다. 두려움이 엄습해 오고 목숨을 건 고민이 깊어 갔다. 많은 유혹에도 불구하고 우리는 자연치유를 선택했다. 텃밭에 채소를 심고 항암효과가 있다는 된장을 만들어 먹었다. 항암치료를 하지 않으므로 음식이 곧 약이었다. 매 끼니 식사 전 따뜻한 물 두 잔을 마시고, 채소 위주의 식단을 준비했다. 자연치유로 병을 고친다는 곳에 여러 번 다녀오기도 했다. 산에 머무는 시간을 조금씩 늘리고 투병 생활은 나무를 가꿀 때처럼 본인이 정한 시간표대로 철저히 실천했다.

2년 전, 예전의 생기를 되찾은 남편은 '햇살 품은 농장'으로 다시 돌아왔다. 그동안 나무는 냉해와 영양부족으로 형편없이 앙상해졌다. 쓰러진 나무는 일으켜 세우고, 병든 가지는 자르고 치료하는 과정을 통해 나무도 건강해졌다. 블루베리 나무와 교감하며 하루하루를 소소한 일상으로 살고 있다. 내색은 하지 않지만 전 같지 않게 힘이 조금씩 부치는 것 같다.

우리 부부는 44년째 동행 중이다. 요즘 주된 관심사는 건강이다. 산책 나선 남편의 걸음이 조금 더디다. 서로 감싸안듯 돌려난 질경이의 잎처럼 나는 가까이 다가가 그의 팔을 살며시 잡아 팔짱을 끼었다. 잡은 손을 놓지 않고 집으로 올 때가 늘었다.

"내가 없어도 꼭 챙겨 먹어야 해."

식탁에 마주 앉은 남편이 비타민을 건네며 다짐받듯 강조하는 말에 명치끝이 조이듯 아파온다. 이런 증세는 시시때때로 찾아와 나를 우울하게 한다.

몇 개월 전부터 병원 치료를 받기 시작했다. 새로운 면역력 치료제라 했다. 그동안 항암을 하지 않았기에 면역치료에 선정되었고, 효과도 좋다는 담당 의사의 설명이다.

산책길에서 만난 질경이는 언 땅을 헤집고 나와 모래땅에 뿌리를 내렸다. 발길에 밟히고 찢기는 아픔 속에서도 제 생명을 살아내고 있다. 새벽이슬 한 방울로 하루를 버티는 날도 부지기수다.

질경이를 일컬어 불사조라 했다. 불굴의 의지 질경이처럼 투병 생활로 보낸 5년을 돌아본다. 그동안 잘해온 것처럼 앞으로도 잘할 수 있다고 우리는 서로를 응원하며 힘을 내본다.

(한국수필 2021. 10.)

신발 끈을 조이다

바람결이 선선하다. 아침 일찍 서둘러 출근했다. 앞산이 산중턱까지 햇살을 받아 안고 나를 반긴다. 볕을 향해 손을 흔드는 나무들은 부지런한 농부처럼 산소 만드는 작업을 시작한다. 그러나 능선 아래는 이불속처럼 고요하다. 새가 날고 매미의 이른 합창에 하나둘 숲이 깨어나고 있다.

사무실에서 일을 마친 나는 등산화 끈을 조여 맸다. 어수선한 마음을 달랠 겸 산을 올랐다. 여름내 줄기차게 내리던 54일간의 비, 세 번의 태풍이 훑고 지나갔다. 사나운 비바람에 모든 것이 녹아 없어질 법도 한데 넝쿨을 뻗어 올린 개머루와 청미래 열매가 익어가고 있다. 살아있는 모든 식물은 씨앗을 키우느라 바쁘다. 볕을 향해 키 높이를 하고 태풍이 몰아칠 때는 다소곳이 엎드려 폭풍이 지나가길 기다렸다. 조용히 자기만의 방법으로 최선을 다하며 가을로 향하는 중이었다. 그것들을 바라보며 내 가을을 생각해 본다. 초라하기 그지없다.

몇 년 전, 남편은 무엇이 그리 바쁜지 밖에서 머물 핑계만 찾는 듯 보였다. 주말도 없이 직장에 매달렸다. 그러던 그가 정년을 맞아 퇴직했다. 바깥일에 익숙했던 그 사람은 집에서 할 일이 없자 불안해 보였다. 머리도 식혀야 하고 마음의 정리도 필요하다며 방황했다. 어느 날 배낭에 짐을 꾸려 속리산 자락 어느 작은 암자로 떠났다.

텅 빈 집을 지키던 나는 혼자 남겨진 긴 시간이 두려웠다. 한참 후에 그는 딴사람이 되어 돌아왔다. 다음 날부터 어머니 산소 옆 뙈기밭을 일구고 블루베리 묘목을 심고 가꾸기 시작했다. 농부가 된 그는 가뭄과 폭우에 밤잠을 설칠 때가 많았다.

3년이 지나자, 나무는 보답이라도 하듯 탐스러운 보랏빛 열매로 수확의 기쁨을 안겨주었다. 그러나 기쁨도 잠시 몸에서 보내는 이상 신호에 남편은 병원을 찾았다. 대수롭지 않게 여겼던 검사 결과는 우리를 망연자실하게 했다.

마음의 갈피를 잡지 못한 우리는 강원도 오대산을 찾았다. 청량감마저 드는 초겨울 날씨에 코끝이 시렸다. 간간이 부는 골바람이 볼을 때렸다. 눈이 시리도록 하늘은 맑은데 가슴은 잿빛으로 물들어 갔다. 바라보는 곳곳의 아름다운 절경이 그리 서러울 수가 없었다. 하늘은 계곡 물속에 잠겨 푸른빛을 더하고, 우리 내외는 앞서거니 뒤서거니 묵묵히 걷기만 했다.

병원에서는 필요한 항암치료와 방사선치료를 권했다. 가족회

의가 열렸다. 자식들은 현대의학을 믿고 따르는 것이 현명한 길이라 했고, 남편은 스스로 설정한 자연치유의 길을 가겠다고 고집했다. 나는 이도 저도 불안해서 결정하기가 어려웠다.

그렇게 찾아온 불청객은 어쩌나 까다로운지 조금만 소홀히 대하면 발끈하며 본성을 드러낸다. 남편은 반갑지 않은 손님이 혹여 성낼까 어르고 달래고, 나는 좋다는 음식으로 달래며 삼 년째 그 손客과 동거 중이다.

어제는 병원에 다녀왔다. 봄부터 여름내 새로운 면역 치료제로 투병했지만, 남편의 검진 결과는 기대만큼 좋지 못했다. 그 어떤 위로의 말도 찾지 못한 우리는 애써 서로의 표정을 외면했다.

그러나 실망하기엔 아직 이르다. 개머루 청미래도 지난 계절의 폭풍우를 이겨내고 열매를 키워가고 있지 않은가. 우리도 최선을 다하면 폐암이라는 폭풍우를 이겨내고 알찬 가을을 맞이할 수 있지 않을까. 그렇다면 어떻게 하는 것이 최선을 다하는 길일까.

지금까지 걸어온 길을 돌아본다. 몇 번의 굴곡이 있었지만, 남편은 특유의 책임감으로 어려움을 극복해 내고 가정을 일으켜 세웠다. 그 과정에서 사람도 많이 만나게 되었고, 특히 수십 년 음주와 지나친 흡연이 몸을 망치게 했으리라는 결론에 이른다. 우리에게 그 불청객이 뛰어들기까지 일만 생각하며 달려온 시간이 가슴 아프도록 후회스럽다.

이제 우리는 지난날과 다른 길을 걸어야 한다. 우선 음주 흡연은 피하고, 좋은 음식을 먹고 적당한 운동을 해 암세포의 확장을 막아야 한다. 압박감을 이겨낼 담력도 필요하다. 마음이 약해질 때는 서로 다독이며 힘이 되어 줄 것이다. 돌아오는 주말에는 남편과 피톤치드 가득한 편백나무 숲으로 가야겠다.

줄기차게 내리던 폭우와 뿌리째 흔들린 태풍에도 의연하고 꿋꿋하게 이겨낸 식물을 바라보며 나는 신발 끈을 조인다.

(한국수필 2020. 12.)

등짐

산을 오른다. 이곳 중국의 황산은 세계 각국에서 온 사람들로 인산인해를 이루고 있다. 바위를 쪼아 만든 계단은 한 사람이 겨우 통행할 수 있다. 협곡을 따라 곳곳에 좁은 돌계단을 만들어 놓았다. 계단 옆은 천 길 낭떠러지다. 긴장한 나는 두 손에 땀을 쥐고 앞사람의 발뒤꿈치만 보며 걷는다. 얼마쯤 걷다가 잠깐씩 걸음을 멈추고 고개를 들어 산의 비경을 바라본다. 눈길이 닿는 곳마다 솟아오른 기암절벽들이 장관이다. 여기저기서 사람들의 감탄사가 터져 나온다.

케이블카의 도움을 받아 산 중턱까지 왔다. 그러고도 세 시간째 산행 중이다. 정상에서 기념 촬영을 마치고 좁은 돌계단을 내려오는 길목에서 짐을 지고 오르는 여러 명의 짐꾼을 만났다. 길목에서 짐꾼을 만난 여행객들은 그들의 통행에 방해가 되지 않도록 옆으로 비켜 지나가기를 기다려 주었다. 짐의 무게가 힘에 부친 듯 연신 수건으로 땀을 닦는다. 굵고 긴 대나무 막대를 반으로 쪼개 양 끝에 커다란 바구니를 하나씩 매달았다. 바구니 속에는 생필품과 각종 식료품이 가득 들었다. 나무 중간을 한쪽 어깨에 올려 중심을 잡고 걷는다. 짐의 무게에 대나무가 휘청거린다. 가파른 계단을 오를 때는 몸의 반동을 이용하며 오른다.

검게 탄 얼굴의 짐꾼들은 하나같이 몸이 야위었다. 젊은 짐꾼도 있고 나이가 지긋해 보이는 짐꾼도 있다. 유난히 가파른 계단을 오르던 그들은 가쁜 숨을 몰아쉰다. 힘에 부치는 듯 무릎을 살짝 구부려 지팡이로 쓰던 받침대로 짐을 받쳐 놓았다. 땀을 닦고 잠깐의 휴식을 취한 후 다시 어깨에 짐을 받쳐 들고 걸음을 재촉했다.

안내원에게 짐의 무게를 물어보았다. 젊은 사람은 한쪽에 60kg씩 120kg 정도의 짐을 나르고 나이 든 사람은 그의 절반 정도라고 했다. 짐꾼의 대부분은 중국의 서쪽 지방 산시성, 쓰촨성, 청두 등 가난한 마을에서 온 사람들이라고 했다.

몇 시간째 가벼운 짐으로 걷는 나는 그들의 야윈 몸과 무거운 짐을 바라보며 많은 생각을 했다. 하지만 정작 그들의 표정은 평온해 보였다. 아마 자식들의 장래를 위해, 가족들의 생계를 위해 자신의 헌신적인 노고와 사랑은 한 가정의 책임자로서 자부심인 듯했다.

동행하는 남편의 손을 잡았다. 우리 가족을 책임지는 가장의 자리에 뚜벅뚜벅 걸어온 그가 있었다. 일찍이 그는 짐의 무게에 휘청거리며 일어서지 못할 것 같아 내 마음을 졸이게 하던 때가 여러 번이었다.

우리는 이십 대 초반에 이른 결혼을 했다. 뚜렷한 직업 없이 부모님을 도와 농사짓던 남편은 경험 없는 건축자재 사업에 뛰어들었다. 두 아이가 태어났고 사업도 제법 자리가 잡히는 듯 보였다.

그러나 몇 년 사이 혼기가 찬 형제들의 결혼과 분가 등, 짧은 기간에 연이은 집안의 대소사가 있었다. 많은 여유자금이 필요했던 사업도 뜻대로 되지 않았고 날이 갈수록 남편의 어깨는 처지기 시작했다. 사업은 달리던 궤도를 벗어났고 그동안 부모님이 힘겹게 일궈 놓은 전답이 줄어들기 시작했다. 더는 버티지 못하고 많은 빚만 안은 채 사업을 접었다.

몇 년의 방황 끝에 남편은 늦은 나이에 봉급생활자로 전환했다. 일정한 수입에도 가족의 생계와 빚더미 등의 등짐을 쉽사리 내려놓을 수 없었다. 어디 그뿐인가. 치열한 경쟁 속에 앞서가는 동년배의 승진을 마주해야 했다. 한 걸음 뒤처진 현실 앞에서 힘겨워하는 모습을 여러 번 목격했다. 쓴 술잔을 기울이고 늦은 밤 퇴근하는 그를 이해하기보다 나는 원망 섞인 목소리를 높이고는 했다. 그렇게 다친 마음으로도 30년을 넘게 묵묵히 등짐을 져 준 사람이다. 가족을 위하는 가장으로서의 책임감이 없었다면 중간에 벗어버렸을지도 모르는 짐이었다.

깎아지른 절벽 사이 바위틈에 수려한 소나무를 바라본다. 소나무는 높은 바위틈 난간 최소한의 공간에서 수많은 역경을 이겨내고 당당히 서 있다. 산에는 웅장한 모습이 있는가 하면 깊은 계곡도 존재한다. 그곳에는 습하고 어두운 그림자를 드리우는 절망의 늪도 있다. 지금 우리 가족이 함께 웃을 수 있는 것은 비바람을 맞으며 우리 집 대문을 수문장처럼 지키며 앞만 보고 걸어온 그가 있기 때문이다. 황산의 가파른 길을 오르는 짐꾼이 버틸 수 있는 것도 그들의 희망인 가족이 있기 때문이 아닐까.

이번 황산의 좁고 험한 계단을 오르며 우리는 함께 걷는 법을 배운다. 앞으로 남은 길은 작은 짐도 나누며 서로에게 버팀목이 되자고 나는 그의 손을 잡는다.

(한국수필 2017. 5.)

보라카이에서

내 갑년인 올해는 우리가 결혼한 지 40년이 되는 해다. 긴 세월 누구 못지않게 열심히 살아온 남편인데 건강에 적신호가 켜졌다. 앞날에 대한 두려움 속에서도 희망을 놓지 않고 있다.

며칠째 초미세 먼지로 인해 하늘은 회색빛이다. 호흡기에 민감한 남편을 위해 맑은 공기를 생각하며 회갑 여행지를 보라카이로 정했다. 무덤덤하던 마음은 필요한 물품을 하나둘 준비하는 동안 설렘이 일기 시작했다.

인천공항 미팅 장소에는 여행사 직원 한 사람만 나와 있고, 보라카이로 출발하는 여행객은 우리 둘뿐이었다. 불안감이 엄습했지만, 용기를 내어 탑승했다. 불안정한 기류에 비행기가 심하게 요동쳤다. 가끔 뉴스에 등장하던 비행기 추락사고의 장면이 떠올랐다. 남편의 건강을 염두에 둔 여행길인데 괜히 나섰나 싶어 잠깐 후회되기도 했다.

필리핀에 도착해 환상적인 저녁노을을 보는 순간 불안감은 씻은 듯이 사라졌다. 여행객을 실은 배가 보라카이 섬에 닿자, 선원들이 로프를 던지고 사다리가 놓였다. 짐을 나르는 부두 사람들의 구릿빛 피부에 밝은 표정이 싱그러워 보였다. 맑은 공기, 불타는 저녁노을, 푸른 바다…. 보라카이의 이 풍부한 햇볕을 받으며 맑은 공기를 마음껏 마시고 가면 남편도 건강을 되찾을 수 있을 것만 같았다.

다음 날, 도심으로 나갔다. 이곳의 유일한 교통수단은 오토바이 택시 '톡톡이'였다. 거리를 가득 메운 톡톡이는 천장에 비 가림만 있을 뿐 사방이 뚫린 구조다. 오토바이 뒤쪽이나 옆으로 쇠를 덧대어 만든 의자에 일행 아홉 명이 탑승했다. 안전거리도 없고 인도와 차도의 구분도 없다. 신호등도 없는 교차로에는 오가는 차와 사람이 엉켜 곡예 하듯 통과했다. 우리나라라면 상상도 못 할 무법천지지만, 사방에서 날아오는 흙먼지를 뒤집어쓰고도 탑승객은 즐거운 비명을 질러댔다.

도로를 가득 메운 택시들, 차와 통행하는 사람들이 뒤섞였는데도 용케도 헤매지 않고 제 길을 찾아간다. 자전거는 자전거대로 오토바이는 오토바이대로 사람은 사람대로…. 이 혼잡함 속에서도 사고 없이 각자의 길을 잘 찾아가는 것이 신기하다. 그러나 그것은 이방인의 시각일 뿐, 무질서 속 나름의 질서를 지키며 열정적으로 살아가는 저들을 보며 나는 내 젊은 시절을 떠올린다.

남편과 나는 유년 시절 엄마의 부재로 인한 그리움이란 공통 분모를 가지고 있었다. 서로의 모습에서 자신을 발견한 우리는 빠른 속도로 콩깍지가 씌어졌다. 남편은 나의 세상 전부였고, 나는 남편의 세상 전부였다. 눈빛은 늘 서로를 향해 있고, 어려움이 있을 때면 마음에 담은 서로를 생각하며 힘을 내고는 했다. 그런 시간 끝에 시작한 결혼. 어디에도 뿌리내리지 못하고 부유하던 내가 비로소 남편이라는 둥지에 스며들어 처음으로 행복의 실체를 느꼈다고 할까.

콩깍지는 얼마 가지 않아 벗겨지기 시작했다. 아내 자리보다 종가댁 맏며느리의 책임이 막중했던 나는 무언가 어긋난 느낌을 받고는 했다. 가슴에 일던 훈풍이 날이 갈수록 슬그머니 자취를 감추었다. 현실은 녹록지 않고 옷깃을 여며도 찬바람이 일었다.

겨울이 깊으면 봄이 가까워지듯, 서로의 거리가 멀어질수록 마음은 원래의 자리로 돌아가기를 원했다. 흐르는 시간만큼의 이야기가 쌓이고, 미운 정 고운 정이 깊어 갔다. 부부가 오래 살다 보면 닮는다고 했던가. 이제 우리는 40년 결혼 생활에 서로를 안타까이 여긴다. 콩깍지가 끼어 서로에게 온 마음을 주던 결혼 이전에 풋풋했던 시절로 돌아간 것처럼.

남편은 작년부터 몸 이곳저곳에 빨간불이 켜지기 시작하더니 급기야 병원 신세를 여러 번 졌다. 119에 실려 새벽바람을 가르며 병원으로 달렸고 중환자실에서 여러 날 내 애간장을 태웠다.

한번 무너지기 시작한 몸은 깊은 상처를 남겼고 지금은 재활을 위해 힘겨운 싸움 중이다.

여행지에서 새로운 하루를 맞이한 오늘, 살아가는 일 또한 이렇듯 여행의 일부분이 아닐까 하는 생각이 든다. 내 하늘이고 내 땅인 그가 있어 보라카이 하늘이 이리도 고운 것을. 나는 바다를 향해 앉아 그늘 의자에서 쉬고 있는 그의 등을 기도하는 마음으로 바라본다. 이곳 푸른 바다의 정기를 받아 남편의 몸과 마음도 푸른빛으로 소생하기를.

(음성신문 2018. 5.)

남는 장사

오일장에 가서 흙 묻은 싱싱한 더덕을 사 왔다. 껍질을 벗겨 도마에 올려 잘근잘근 찧는데 향이 짙다. 고추장 양념한 더덕을 팬에 구워 식탁에 올렸다. 남편의 입맛이 돌아왔나 보다. 잘 못 먹다가 밥 한 공기를 다 비운 남편이 만족스러운 표정을 짓는다.

병원 출입이 잦은 남편은 밥투정을 자주 한다. 밥맛이 없다, 입에 맞는 찬이 없다면서 내 속을 긁는다. 구미가 당길만한 음식 재료를 찾느라 냉장고 안을 뒤적인다. 3년 공들이고 사십 년 넘게 우려먹고도 모자라 어찌 요구사항이 그리 많으냐며 내가 밑지는 장사를 하고 있다고 투덜거린다.

산골 작은 마을에서 할머니와 함께 살던 마당에는 고목이 된 감나무 한 그루가 서 있었다. 아침이면 나무에 깃들어 사는 새들의 지저귐에 눈을 떴다. 할머니의 포근한 품에서 자란 나는 사춘기 무렵 아버지 집으로 보내졌다.

어느 날 심하게 배가 아파 집 근처 병원을 찾았다. 급성 맹장염이라 했다. 병원장은 아버지 지인이었다. 혼자 찾아간 병원에서 서둘러 수술했다. 부분마취를 한다며 구부린 척추에 주사를 놓았는데 마취가 충분하지 않았는지 무척 고통스러웠다. 회복 기간 일주일 동안 아무도 병실을 찾아오는 이가 없었다. 수술의 아픔보다 외로움의 통증이 더 컸다.

'고아도 아니건만 나는 왜 이렇게 혼자 이 아픔을 다 겪는 걸까.'

이듬해 지인의 소개로 남편을 만났다. 바쁜 하루가 붉은 노을로 저물고 어둠이 내리면, 우리는 수정교 옆 둑길에서 만났다. 달빛을 받으며 나누었던 많은 이야기는 함께 간직할 추억으로 쌓였다. 그도 모자라 못다 한 마음은 연애편지에 담아 사흘이 멀다고 날아왔다. 열아홉 풋풋한 순정 첫사랑이 찾아온 것이다. 평생 내 편이 되어 줄 사람이라는 확신으로 3년 후 우리는 결혼했다.

열애는 환상이고 결혼은 현실이었다. 목욕탕을 운영하던 친정에는 냉온수가 넘쳐났지만, 농사를 짓는 시댁에는 왕겨를 연료로 쓰고 있었다. 길고 동그란 연통을 아궁이 속에 밀어 넣고 풍구를 돌려 왕겨 불로 밥을 짓고, 가마솥에 물을 데워 허드렛물로 썼다. 겨울에 몰려있는 종가의 봉제사 받들기도 만만치 않았다. 그러나 가족 간의 훈훈한 정과 시부모님의 사랑은 든든한 울타리가 되었다.

문제는 남편과의 주도권 다툼이었다. 우리는 덜 절인 배추처럼 자신의 뜻을 우기며 굽히지 않았다. 남편이 시작한 건축자재 사업이 자리를 잡아가고 있을 때였다. 상의 없이 욕심을 부리는 남편과 부딪치는 일이 잦았다. 80년대는 건축 붐으로 시멘트 파동이 심했다. 귀한 시멘트를 거래하는 과정에서 믿었던 사람에게 사기를 당하고 말았다. 급기야 키우던 사업을 접을 수밖에 없었다. 몇 번의 좌절을 딛고 일어서기를 반복하는 동안 우리는 고집을 덜 부리고 제대로 절여진 배추처럼 서로에게 충실하게 되었다.

　같은 곳을 바라보며 지낸 지 어느덧 45년, 아옹다옹하던 세월을 건너 우리는 이제 측은지심으로 서로를 바라보는 나이가 되었다. 오늘도 남편의 밥투정이 조금 지나치다 싶지만, 항암 주사 탓이려니 생각하며 그의 입맛을 돋우기 위해 장바구니를 든다. 내가 가장 힘든 시기에 3년이나 내 곁을 지켜준 사람, 그 3년이 나를 오늘까지 살게 해 준 것이 아니었을까. 지금까지 밑지는 장사라고 입버릇처럼 말하지만, 따지고 보면 이보다 더 남는 장사가 없다는 것을 나는 안다.

(충청타임즈 2022. 3.)

자작나무 숲에서

지난주부터 이번 주까지 나는 내내 불안에 휩싸여 지냈다. 직장에서도, 집에서도 일에 몰두했지만, 불안감은 나를 놓아주지 않았다. 내 마음을 알기라도 한 듯 친구들이 자작나무 숲으로 나를 데리고 갔다. 여름 자작나무 숲에 들면 불안감을 좀 쫓아버릴 수 있지 않을까 하고 생각한 모양이다.

산을 오른 지 한 시간도 넘었지만, 자작나무는 좀체 모습을 보여주지 않는다. 안내도에 따르면 도착하고도 남을 시간이다. 걷다 힘들면 바위에 걸터앉아 잠깐씩 쉬어간다. 소나무 숲 사이로 간간이 부는 바람과 계곡의 물소리가 땀을 식혀 준다. 가파른 길에서 숨을 몰아쉬며 고개를 든 순간이었다. 하얀 둥치에 파란 잎을 단 자작나무 숲이 홀연히 나타났다. 하늘을 향해 곧게 뻗은 자작나무 숲의 분위기는 몽환적이고 신비롭다.

자작나무가 우거진 숲길로 들어서자, 턱시도를 멋지게 차려입은 신사가 맞아주는 것 같다. 표지판의 안내도를 따라 걸음을 옮겼다. 풍광에 매료되어 바라볼 때는 매끈하고 건강한 나무만 가득해 보였다. 그러나 자세히 보니 나무들도 저마다의 아픔을 간직한 채 서 있다. 검은 혹이 보기 흉하게 솟아오른 나무, 깊은 상처가 옹이로 남은 나무, 오랜 시간 칡넝쿨이 감아 조인 듯 검은 자국이 선명한 나무들이 눈길을 끈다. 볕을 향해 곧게 뻗은 나무는 먼 길을 가기 위해 스스로 가지를 떨구고 있었다. 안간힘을 다해 삶의 대열에서 낙오되지 않기 위해 노력한 흔적이 고스란히 남았다. 검은 무늬로 남긴 아픔의 흔적이 안쓰럽다. 이 무늬는 움켜쥐기보다 스스로 떨쳐내야 단단해지는 삶이 될 것이라 일러주고 있다. 상처가 아물기까지 묵묵히 인내한 나무를 보며, 남편도 지금은 좀 힘든 시간을 보내고 있지만, 나무처럼 꿋꿋하게 바로 설 것이라 믿는다.

아홉 겹의 껍질을 가진 자작나무는 아름다움만큼이나 다양하고 유용하게 쓰이고 있었다. 방부제 성분이 들어있어 팔만대장경 목판의 일부가 되었고, 천마총의 천마도 그림도 자작나무 껍질에 그려졌다. 어디 그뿐인가. 옛사람들이 백년가약을 맺는 첫날 밤을 밝힌 화촉도 유분이 많은 자작나무 껍질을 사용했다고 한다. 이렇듯 나무는 신선한 공기로, 수액으로, 아낌없이 주고도 모자라 생을 다한 뒤에도 팔만대장경으로 천마도로 시공을 넘어 우리 곁에 와 있다.

숲속 움막 옆에 돗자리를 깔았다. 누워서 하늘을 본다. 곧게 뻗은 나무 끝에 미세한 바람이 인다. 파란 잎사귀가 흔들리나 싶더니 점점 거세지는 바람에 나무 기둥 전체가 일렁인다. 나무는 바람에 온몸 맡기고 있다. 백색 신사의 모습이 되기까지 많은 아픔을 겪었을 나무, 나무와 나무가 서로 어깨를 견주며 함께 바람을 맞아들이고 있다.

한참 몰아치던 바람이 멈추자 서걱거리던 소리도 멈췄다. 잎 사이로 쏟아지는 볕을 안은 채 나무는 당당히 서 있다. 그 모습이 믿음직스럽고 고마워 바라보고, 안아보고, 만져보면서 나는 남편을 또 생각한다.

(충청타임즈 2022. 7.)

해 질 녘

석양의 붉은 노을이 아름답다 못해 아픔으로 다가온다. 노을이 질 때면 유년의 아득했던 그때가 자주 떠 오른다.

산골의 작은 마을 초가집 할머니 품에서 평화롭게 살던 아이가 있었다. 아이는 친구들과 구김살 없이 뛰어놀았다. 숨바꼭질, 고무줄놀이, 사방치기 등등, 재미난 놀이에 정신이 팔려 시간 가는 줄도 몰랐다. 해 질 녘이 되면 분아, 숙아, 엄마들이 아이들을 불렀다. 친구들이 모두 집으로 돌아간 골목에 홀로 남은 아이는 '명자야' 하고 불러주는 엄마가 없었다. 한참을 쪼그리고 앉아 있던 아이는 힘없이 집으로 돌아가고는 했다. 엄마 없는 집으로 들어오는 아이를 할머니가 반겨 주셨다.

"할매, 나는 왜 엄마가 없어? 우리 엄마는 언제 와?"

"너의 엄마는. 너 주려고 단지장골 밭에 홍시 따러 갔단다. 곧 올 거여."

홍시를 들고 올 엄마를 10년 아니 20년을 기다렸다. 삽짝 밖에 낯선 사람이 보여 엄마인가 하고 보면 엄마가 아니었다.

아이가 열세 살이 되자 중학교 진학을 위해 아버지 집으로 보내졌다. 아버지가 사는 집은 모든 것이 차고 넘쳐 부족함이 없었다. 그러나 아이는 혼자 내동댕이쳐진 것 같았다. 아무도 말을 걸어주는 이가 없고 관심을 두는 이가 없었다. 관심은커녕 귀찮은 존재였다. 갑자기 바뀐 환경에 적응하지 못한 아이는 늘 구석을 찾았다. 긴장과 두려움으로 온 신경을 곤두세우고 하루하루를 불안에 떨어야 했다.

아이는 이 세상에서 새엄마가 가장 무서웠다. 하교할 때 저만치 새엄마가 있는 집이 보이면 가슴이 쿵쿵 뛰고 머리카락이 쭈뼛쭈뼛 일어섰다.

해가 서산 너머로 뉘엿뉘엿 질 때면 목젖 밑이 뻣뻣해지고 가슴이 아렸다. 멈추지 않는 눈물 속 정체 모를 그리움이 밀려왔다. 시험점수가 낮다고 회초리를 치시던 선생님도 그립고, 두고 온 고향의 산하, 함께 뛰놀던 친구들이 모두 그리웠다. 밤이 되면 버들치, 송사리 가득한 앞 개울에서 물고기 뜨던 일이 아스라한 옛일처럼 느껴졌다. 석유 솜방망이에 불을 붙이고 종다래끼 하나만 가지고 나서면 되었다. 나도 친구들과 같이 종다래끼 하나 들고 어른들 뒤를 따랐다. 잠자는 고기에 솜방망이 불로 물을 비추면 움직임 없이 자는 고기를 반두로 뜨면 되었다.

물레방앗간 개울가에서 시작한 고기잡이는 마을 앞을 지나 방정소나무 앞에까지 계속되었다. 물살을 가르며 고기잡이하는 여름밤 놀이가 여간 즐거운 일이 아니었다. 고향의 산하를 맘껏 뛰어다니던 생각에서 깨면, 아버지 집이라는 사실에 소스라치게 놀라 눈물이 멈추지 않았다. 동생들이 피아노 교습, 영어학원, 서울과 외국으로 유학 가는 걸 바라보면서 아이는 아픈 시간을 보내고 있었다.

하지만 아이는 자신이 동화 속 주인공 인양 스스로를 향해 "너는 소공녀야, 너는 소중한 존재야."라고 속삭이며 자신에게 최면을 걸었다.

세월이 흘러 아이도 성년이 되고 가정도 꾸렸다. 이제는 나도 가정이라는 든든한 울타리를 가졌다. 평범한 일상의 연속이던 어느 날 엄마라는 사람에게서 연락이 왔다고 고모가 찾아왔다. 놀랐다. '살아 있었어? 만나 볼까? 아니야. 이제 와 만나 무엇하나…' 그러나 원망보다 그리움이 더 큰 나는 엄마를 만날 수밖에 없었다.

주소를 들고 고모와 함께 버스를 탔다. 만나면 알 수 있을까! 어떻게 생겼을까! 만감의 교차 속에 찾아간 그곳에는 아주 자그마한 시골 아주머니 한 분이 계셨다. 장날이면 주위에서 흔히 볼 수 있는 전형적인 아주머니의 모습이었다. 그 낯선 아주머니가 나를 잡고 그때는 어쩔 수 없었다고 용서해 달라며 우셨다. 중년의 나는 가슴이 답답했다.

고개를 들어 하늘을 보았다. 해가 뉘엿뉘엿 지고 있었다. 슬픔이 어디에 숨어있었던 걸까. 주체할 수 없는 눈물이, 서러움과 원망이, 가슴 속 깊이 묻어두었던 그리움이 한 덩어리로 섞여 봇물 터지듯 넘쳐흘렀다.

다시 세월이 흘렀다. 지금은 엄마가 계신 집 대문 안으로 들어서며 "엄마!"하고 부르면 엄마는 맨발로 뛰어나오신다. 내 목소리만 들어도 힘이 솟는다며 환한 미소로 맞아주신다.

아버지와의 짧은 인연에 숱한 눈물을 흘렸을 어머니. 후에도 호사는커녕 고단한 삶을 살았고, 하나뿐인 자식인 내게 용서를 구해야 했던 내 어머니. 온갖 아픔으로 점철된 어머니의 시간도 이제 해 질 녘이 되었다.

'어머니, 당신이 곁에 계신 것만으로도 제겐 행복입니다. 붉게 타는 석양의 노을이 아주 지기 전에 마음껏 사랑하렵니다.'

별빛 같은 나의 사랑아

 이슬비가 온다. 한파가 몰아치던 어제와 달리 오늘은 날씨가 포근하다. 겨울의 한복판 1월 낮 한 시가 넘어가고 있다. 제단을 닦고 준비해 간 재물을 차렸다. 그러고는 우산을 받쳐 들고 서성이며 그들을 기다린다. 남편도 아마 그들을 마중하기 위해 큰길까지 나가 있지 않을까, 하는 생각을 해본다. 드디어 승용차가 들어와 멈춘다.

 열흘 전, 남편의 고등학교 친구들에게서 연락이 왔다. 남편이 떠난 지 1주기를 맞아 산소로 오겠다는 것이다. 서울, 청주 등 여러 도시에 흩어져 사는데 바쁜 시간을 내어 찾아오겠다니, 아직도 내 남편을 기억해 주는 사람들이 있구나! 떠난 친구를 잊지 않는 그들의 우정에 가슴이 뭉클했다. 찬바람 일던 가슴에 훈훈함이 번져왔다. 남편 생전에 돈독한 우정이 한결같음을 느꼈었지만, 이 엄동설한에 이렇게 찾아와 주기까지 할 줄은 꿈에도 생각하지 못했다.

남편의 제단에 잔을 올린 친구들이 절을 하며 한마디씩 한다.

"친구야, 그곳에서도 잘 지내고 있지?"

"형우야, 많이 보고 싶다."

슬픈 눈빛, 목이 잠긴 목소리로 옆에 있는 친구에게 말하듯 이야기한다. 한 친구는 핸드폰을 꺼내며 말했다.

"친구에게 이 노래 꼭 들려주고 싶어 준비해 왔어. 너 이 노래 유난히 좋아했잖아."

핸드폰을 제단 위에 올려놓고 버튼을 누르자 남편이 즐겨듣던 「별빛 같은 나의 사랑」이라는 노래가 흘러나왔다.

'당신이 얼마나 내게~ 소중한 사람인지~ 세월이 흐르고 나니 이제 알 것 같아요…~.'

노래를 듣는데 눈물이 멈추어지지 않았다. 언젠가 남편이 하던 말이 생각나서이다.

"여보, 오늘 내가 블루베리가 익어가는 모습을 보며, 한해가 빨리도 가는구나 하고 생각하는데, 라디오에서 「별빛 같은 나의 사랑아」 노래가 나오는 거야. 밭둑에서 듣고 한참을 울었어."

투병 중이던 남편은 시간이 많지 않음을 직감했던 것일까! 과묵한 그의 성격은 평소 멋쩍어서인지 미안하다, 사랑한다는 말을 잘 못했다. 그런 사람이 이 노래 가사에서 감정이 복받쳐 올랐던 것 같다. 그리곤 꿋꿋이 잘 견디며 투병하던 남편은 갑자기 의식을 잃었다. 그 바람에 하고 싶은 말을 끝내 다 못 한 채 떠나고 말았다.

오늘 남편은 이 노랫말을 통해, 하고 싶었던 마음을 내게 전해 주는 것 같다. 이슬비는 그치고 운무가 자욱한 공원이다. 능선을 따라 남편의 마음 같은 노래가 잔잔히 울려 퍼진다.

친구들은 남편 곁을 얼른 떠나지 못하고 두런두런 이야기를 나눈다. 좀 더 자주 만나지 못한 아쉬움과 오랜 세월 함께했던 추억들을 꺼내 놓는다. 그리곤 나를 향해 내 친구는 긍정적인 사람이니 그곳에서도 이웃과 즐겁게 지낼 것이라 말한다. 내게 큰 위로가 되는 말이다.

남편의 친구들을 배웅하고, 집으로 돌아오는 차 안에서 남편을 향해 나직이 한 소절 노래를 불러본다.

"밤하늘에 빛나는 별빛 같은 나의 사랑아, 당신은 나의 영원한 사랑~."

(한국수필 2022. 12.)

별이 된 당신에게

당신 없는 집에는

여보! 그곳에 잘 도착하셨나요. 아니면 아직 이곳에 머물러계시나요. 내 곁에 있다고 생각하면 마음이 놓입니다. 집안 구석구석 당신의 손길이 닿지 않는 곳이 없다는 것을 날마다 깨닫습니다.

며칠 전, 아이들이 잘 닫히지 않는 현관문을 자동 키로 바꿔 놓았습니다. 하는 김에 바람이 불 때면 꽝꽝 닫히는 문에 달도록 닫힘 조절기도 사 주었습니다. 그런데 아직도 달지 못하고 두어 달째 피아노 옆에 그대로 있네요. 사위와 아들이 설치하겠다고 몇 번 시도했지만 실패하고 말았어요. 당신이 계셨다면 한 방에 해결할 일이건만, 한두 사람의 손을 거쳐도 해결되지 않아 기술 자를 부를까, 생각 중입니다.

한겨울 추위에 아래층 원룸의 보일러도 고장났어요. 당신이 알려준 대로 이것저것 스위치를 작동해 봤지만 꿈쩍도 하지 않았습니다. 결국 본사에서 기술자가 오고서야 해결했어요.

오늘은 아침부터 밤까지 눈보라가 치고 무척 차갑습니다. 추모 공원 측에서 납골당 비석에 새겨진 당신의 生卒의 글씨와 사진을 보내왔습니다. 당신의 부재를 여실하게 확인하는 순간 뜨거운 눈물이 볼을 타고 흐릅니다.

저녁나절에 평곡초등학교 친구들이 남은 회비 중 당신의 몫이라 들고 찾아왔습니다. 그들의 건재함에 또 눈이 흐려집니다.

(2023. 1. 29)

당신의 영정 앞에서

모처럼 화창한 날 신흥사 법당으로 당신을 보러 갔습니다. 절 마당에 들어서니 당신이 마중 나와 서 있는 것 같아 사방을 둘러봅니다. 한 계단 한 계단 돌계단을 올라 법당으로 들어서니 당신이 환한 얼굴로 나를 기다리고 있었지요.

들고 온 무릎 담요를 당신 영정사진 앞에 놓았어요. 도훈이가 사 준 폭신한 수면양말과 당신이 늘 쓰던 안경도 나란히 놓았어요. 이것들을 보면 당신 얼굴에 미소가 번진다는 것을 나는 압니다. 잘 가져왔다고 고개 끄덕이는 것을 느낍니다.

그곳은 어떤가요? 마음은 한결 가볍나요? 아버님은 만나셨나요? 법당에서 당신을 뵙고 요사채로 내려가 스님과 많은 이야기를 나누었습니다.

당신이 내 곁을 떠나던 날, 나는 당신 손을 꼭 잡고 많은 이야기를 했지요. 따뜻한 물수건으로 몸을 닦아주며 당신 귓가에 대고 나직이 말했어요. 그동안 가장으로서 고생 많았다고, 이제 아무 걱정하지 말라고, 무거운 짐 모두 내려놓고 편안히 가시라고, 혹시 주변이 어두우면 밝은 빛이 비치는 곳을 향해 가시라고 말했어요. 유리창을 통해 임종실을 지켜보던 의사가 내게 다가와 잡은 손을 놓아보라고 했습니다. 당신의 손을 놓자 여린 물결 모양이던 심박 모니터의 화면이 가로 직선으로 나타났습니다. 당신은 이미 운명하신 뒤였습니다.

"보살님은 처사님을 편안하게 잘 보내드린 것 같아요."

제 이야기를 다 들은 스님이 이렇게 말했습니다. 스님 말씀에 마음이 한결 편안해졌습니다. 아무쪼록 그곳에서는 아프지 말고 행복하세요. 잘 계시다가 언젠가 내가 당신 곁으로 가는 날 마중 나와주세요. 그러면 나도 당신에게 가는 그 길이 두렵지 않겠습니다.

(2023. 2. 1)

사십구재 날에

임인년 섣달그믐 날 정오, 당신은 안간힘으로 버티던 몸을 우리 곁에 두고 홀연히 떠났습니다. 오늘 우리 가족은 신흥사 법당에 모여 당신을 추모하는 사십구재를 올립니다.

황망 중에 당신을 떠나보내고 나니 많은 것이 후회스럽습니다. 당신 없는 집안은 텅 비었고, 당신의 손때 묻은 물건들이 나를 무시로 통곡하게 합니다. 당신이 즐겨 앉았던 소파는 덩그러니 빈 채로 주인을 기다리고, 당신이 앉아 식사하던 수저도 사용을 멈춘 지 한참 되었습니다. 주인 잃은 면도기를 보아도, 현관문에서 나를 보고 웃는 당신 사진을 보고도 눈물을 쏟고는 합니다.

며칠 전에 집 정리를 하다가 당신이 써 놓은 '존엄사 서약서'를 보게 되었습니다. 투병 중에도 가족을 사랑하는 마음이 고스란히 전해졌습니다.

떠나기 전 당신은 혼자 남을 나를 걱정했습니다. 당신은 먼 길 떠났지만, 우리가 함께한 48년은 내 곁에 있습니다. 그 많은 추억은 당신 없이 살아갈 내 삶에 큰 버팀목이 될 것입니다. 훗날 다시 만날 때까지 아무 걱정도 하지 말고, 아프지도 말고 평화롭게 지내기만을 바라겠습니다.

금요일이면 아이들이 손주들 데리고 달려오지만, 당신의 빈자리를 채울 수는 없습니다. 그렇지만 씩씩하게 살겠습니다. 당신이 바라는 것도 그것일 테니까요.

당신도 이제 모든 걱정 내려놓으시고 그곳에서 편안한 마음으로 행복하세요. 가끔 별빛으로, 달빛으로, 그리고 햇빛으로 찾아와 나를 위로해 주시고, 아이들도 돌봐 주세요.

여보, 편안히 잠드소서!

(사십구재 2023. 3. 10)

원고를 정리하며

여보.

나는 요즘 첫 수필집 발간을 준비하며 지냅니다. 그동안 발표한 원고들을 모아 퇴고하고 있습니다. 지금은 목차를 정하려고 비슷한 내용끼리 분류하는 작업을 합니다. 대부분 우리가 함께한 내용이고, 그중 가장 많은 분량이 당신 이야기입니다. 내 삶의 중심에 온전히 서 있던 당신, 오늘따라 당신의 부재가 더욱 크게 느껴집니다.

늦은 밤 끙끙대며 쓴 글의 첫 독자는 언제나 당신이었지요. 고칠 부분도 상세히 지적해 주고, 격려도 아끼지 않던 당신이었습니다. 내가 지인의 출판기념식에 다녀오는 날이면 묻고는 했었지요.

"당신은 언제쯤 책을 낼 거야?."

당신이 그리도 바라던 첫 수필집을 내게 되었는데, 당신이 곁에 없다는 사실이 가장 아쉽습니다. 책이 나오면 제일 먼저 당신께 달려갈 겁니다. 내 첫 수필집을 보면 당신은 분명 제 등을 토닥이며 흐뭇한 미소로 말할 것입니다.

"잘했어, 참 잘했어."

당신이 내게 해줄 그 말을 상상하며 오늘도 꼼꼼하게 원고를 퇴고합니다.

(2024. 8. 6)

시간 여행

옛 생각에 잠긴 듯 어머니는 집안 곳곳을 둘러보신다. 시집온 그해부터 구석구석 한숨과 눈물이 서린 곳이 아닌가. 어머니의 표정을 읽는 내 마음이 아프다. 꽃다운 청춘에 이 집을 떠난 후 50년 만에 자식 손을 잡고 찾은 곳이다.

지금은 친척 아저씨 집이 된 고향집 툇마루에 나란히 앉았다. 세월의 흔적으로 머리에는 흰 서리가 내리고 주름진 얼굴에도 친척 아저씨는 금방 어머니를 알아보시고 반갑게 맞아준다.

어머니의 방문으로 고향의 작은 마을이 잠시 술렁인다. 가까운 친인척들이 소식을 듣고 달려왔다. 서로 그간의 안부를 묻던 중 어머니가 눈물을 보이신다. 힘들 때마다 위로해 주던 음지 땀 당고모님이 돌아가셨다는 소식을 들었기 때문이다. 뒷산의 아름드리 소나무가 늠름한 옛 모습 그대로 서서 50년 만의 해후를 묵묵히 내려다보고 있다.

벽에 걸린 괘종시계가 정오를 알린다. 장독대 위로 이글거리는 한낮의 여름 볕이 내려앉았다. 함께 자란 사촌 동생들과 가까운 대야산 계곡으로 피서를 가기로 했다. 우리 내외는 어머니와 숙모님을 모시고 출발했다. 두 분은 뒷좌석에 나란히 앉아 지난 날 함께 보낸 일들을 떠 올리며 옛이야기를 주고받는다. 어머니는 바느질 솜씨도 좋으셨던가 보다.

"형님, 제게 아기 맡기며 우리 딸 잘 키워주면 예쁜 한복 한 벌 해줄 게, 하며 울먹이던 일 생각 나세요?"

"동서, 그 약속을 아직도 지키지 못해 미안해."

"저는 시집오고 나서 형님이 많이 가르쳐줘서 많은 의지가 되었어요. 무섭기로 소문난 시어머님도 형님이 곁에 있어 견딜 수 있었지요."

동서지간인 두 분은 한 살 터울로 서로 친구나 자매처럼 의지하며 5년을 한집에서 살았다. 그러던 중 어머니는 아버지의 냉대로 돌 지난 나를 동서에게 부탁하고 집을 떠나셨다. 세월은 물처럼 흘러 어머니가 이곳을 떠난 지 50년 만에야 다시 온 것이다. 어머니가 나와 재회한 것은 20년 전이지만, 상처를 많이 안겨준 여기는 차마 오기 어려운 곳이었다. 마치 금단의 땅이라도 되는 양 애써 외면하던 곳, 이제 이곳에 발 들여놓음으로써 어머니 가슴을 멍들게 한 상처가 희미해지기를 나는 바라고 있다.

내 마음은 어린 시절 앞마당에서 뛰어놀던 때로 돌아가고 있다. 초등학교 수업을 마치고 십여 리 길을 달려 사립문을 밀치고 집으로 들어왔다. 담장 옆 닭장에서 금방 알을 낳았다고 암탉이 꼬꼬댁 꼬꼬댁 목청껏 울었다. 허리춤에 맨 책보를 풀어 마루 위에 획 집어 던지고 달걀을 꺼낼 요량으로 둥지 안으로 손을 넣어 휘휘 저었다. 알은 만져지지 않고 물컹한 촉감이 전해왔다. 까치발을 돋우고 둥지 안을 들여다보았다. 거기에는 커다란 구렁이 한 마리가 똬리를 틀고 있었다. 뱀을 만진 손을 흔들며 소리쳐 우는 나를 할머니가 달려와 꼭 안아 주셨다. 그리고 긴 막대로 뱀이 있는 둥지를 흔들며 물지 않아서 고맙다며, "좋은 데로 가시오."라고 주문을 외셨다. 그러자 신기하게도 커다란 뱀은 둥지를 나와 흙 담을 넘어 사라졌다.

나는 또래 아이들보다 몸집이 작고 생각도 어렸다. 6학년 늦가을이었다. 산골 작은 학교에도 상급학교에 진학하는 아이들이 촛불을 켜놓고 과외 공부를 했다. 우리 동네에서 여자는 나 하나뿐이었다. 수업을 마치고 집으로 오는 길, 산길을 따라 십 리를 달려야 했다. 고개를 넘어오는 길목에는 물이 깊어 푸른빛이 감도는 무당소가 있었다. 그곳은 낮에도 사람들이 지나가기 싫어하는 곳으로 물이 깊어 사람이 여럿 빠져 죽었다는 소문이 무성했다. 그곳을 지날 때면 두려움으로 가슴은 두 방망이질 쳤다. 죽어라 달려 산등성이에 오르면 짓궂은 남자아이들이 모래흙을 뿌리며 괴롭혔다. 그렇게 공포스러운 하굣길, 나는 책보를 허리에 질끈 동여매고 앞만 보고 달렸다.

달리고 달려 동네가 보이는 모퉁이를 돌면 숙모님이 담요를 가지고 마중을 나오셨다. 숙모님이 보이면 얼마나 반가운지, 눈물을 글썽이며 한걸음에 달려가 품에 안겼다. 숙모님은 다 큰 나를 따뜻한 담요로 감싸서 업어 주기도 했다. 집까지 오면서 재잘거리는 내 얘기를 다 들어주시던 분, 초등학교 졸업할 때까지는 숙모님 덕분에 행복할 수 있었다.

이제 시간이 많이 흘렀다. 그렇게 마음의 품이 넓은 숙모님도, 그런 동서를 믿고 절망의 장소를 떠났던 어머니도 아픔이라는 감정에서 벗어난 사람처럼 편안해 보인다.

고향의 뜰에서 시간 여행을 뒤로하고 돌아오는 길, 두 어머니는 서로의 손을 잡으며 마음을 나누신다. 해 질 녘, 차창 밖으로 바라보는 석양은 두 분의 사랑만큼이나 붉게 타고 있다.

(글밭 2015.)

3

봄을 만들다

함 사시오

"함 사시오."

우렁찬 목소리가 온 집안에 울려 퍼졌다. 사위가 함을 지고 현관문 앞에서 "함 사시오."를 크게 세 번 외쳤다. 나는 얼른 현관 앞에 준비해 둔 큰 박 바가지를 엎어놓았다. 사위는 엎어 놓은 바가지를 발로 힘껏 밟아 깨뜨리고 집 안으로 들어섰다. 사위가 지고 온 함을 받아 상위에 준비해 둔 떡 시루 위에 조심스럽게 올려놓았다. 가족들이 지켜보는 가운데 함 속에 손을 넣어 잡히는 것 하나를 꺼내어 펼쳤다. 푸른색을 잡으면 첫아들을 낳고, 붉은색을 잡으면 첫딸을 낳는다고 했다. 우리 딸은 첫딸을 낳을 것 같았다.

함을 열었다. 혼서지와 사주단자는 청실홍실 엮어서 가운데 가지런히 놓여있었다. 잡귀를 쫓는다는 목화씨, 수수, 찹쌀, 메주콩, 붉은팥을 넣은 오방주머니는 가운데를 중심으로 동서남북 모서리에 자리하였고, 예물과 예단 고운 한복, 화장품 등이 가지런히 담겨있었다. 사돈댁의 정성 어린 마음을 느끼며 딸아이의 결혼이 실감 났다.

기뻐도 눈물이 나는 걸까. 흐르는 눈물을 누가 볼세라 얼른 닦았다. 함을 받는 것이 이런 마음이구나. 순간 스치듯 다가오는 옛 그림자, 창백한 얼굴로 어쩔 줄 몰라 계단만 오르내리는 36년 전 내가 거기 서 있다.

70년대는 함 파는 풍습이 혼인 과정의 중요한 관례였다. 내 결혼 전날 밤, 친정집으로 함 들어오는 날이었다. 남편 친구들은 함 값을 톡톡히 받을 요량으로 들떠있었다. 근동에서 몇 안 되는 3층 집이었던 친정집은 대중목욕탕도 운영할 정도로 부유했으니 당연한 기대였을 것이다. 친구들은 광목 한 필을 계단에 깔고 오징어를 오려 얼굴을 가리고 함 팔기를 시작했다.

"함 사시오! 함 사시오! 함 사시오!"

함진아비는 함을 팔 듯 말 듯 하면서 장난이 길어졌다. 새어머니는 집안의 불을 끄고 들어가더니 다시 나오지 않았다. 아무리 목청껏 외쳐대도 함을 살 사람이 없자 나는 전전긍긍했다. 초라한 내 처지가 창피해 어찌해야 좋을지 몰랐다. 한쪽 구석에 서서 눈물만 흘렸다. 함 팔이 하던 친구들도 당황하여 어찌할 바를 몰라 했다.

그때였다. 이웃에 사는 약국집 아주머니가 함진아비에게 봉투를 건넸다. 함 판다는 떠들썩한 소리에 구경 나왔다가 민망한 상황을 다 지켜본 아주머니가 급히 준비한 봉투였다. 함은 대청 마루에도 못 들어가고 컴컴한 건넌방에 내려놓았다. 함 파는 놀이를 접고 쓸쓸히 퇴장하던 친구들의 모습이 어제 일처럼 선명한 아픈 기억이다.

이제 결혼문화도 많이 바뀔 만큼 세월이 흘렀다. 함 파는 유형도 많이 변화하여 대부분 신랑이 직접 들고 온다. 딸이 결혼 준비하는 과정을 지켜봐도 번거로운 형식보다는 꼭 필요한 것만 준비하고 있었다. 우리 내외도 본인들과 충분히 상의하여 그들의 뜻에 따랐다.

그럼에도 마음 한편이 아쉬운 것은 무슨 까닭일까. 청사초롱을 손에 들고 오징어를 오려 얼굴을 가린 채 동네 골목 어귀에서부터 "함 사시오!" 외쳐 부르는 풍경. 이제는 한바탕 신명 나게 함을 팔아도 좋으련만, 그 문화가 사라져가는 것이 못내 아쉽다.

결혼 후 만날 수 없었던 약국집 아주머니가 보고 싶다. 이웃집 처녀의 함 파는 광경을 보다가 딱한 처지임을 알고 기꺼이 사랑의 손길을 펴준 그분의 고마운 마음을 평생 잊을 수 없다.

함을 지고 온 사위와 친인척들이 둘러 앉아 함 속을 구경하며 각자의 함 팔던 이야기로 꽃을 피운다. 사월의 싱그러운 바람소리와 함께 밤이 깊어만 간다.

장한 내 딸아

오늘도 만삭의 몸으로 출근하는 너를 생각하며 조용히 기도한다. 두 아이를 키우려면 맞벌이를 해야 한다고 너는 말했지. 얼마 전까지만 해도 힘들어서 그만둬야겠다고 입버릇처럼 하던 말은 간데없구나. 요즘이야말로 집에서 안정을 취해야 할 시기에 출근을 서두르는 너를 보는 어미 마음이 짠하다. 공무원들보다 육아휴직 기간이 짧은 회사원이라 출산예정일 바로 직전에 쉬어야 아기와 조금이라도 더 함께 할 수 있다고 했지. 자상한 사위가 곁에서 집안일을 돕고 정성으로 보살피고 있어 안심은 되지만, 안쓰러운 마음이 드는 건 어쩔 수 없단다. 몇 년 전의 일이 생각나서 혼자 웃는다.

네가 늦도록 결혼할 생각이 없는 듯하여 마음에 없는 소리도 많이 했지. 희야 생각나니? 바쁜 일정 중에서 우리는 어렵게 약속을 잡고 식당에서 마주 앉았지. 점심상을 앞에 두고 이런저런 이야기 끝에 결혼 이야기가 나오자 너는 밥을 한술도 먹지 못했어. 나는 밥값이 아까워 욱여넣다시피 먹었단다. 그러고는 너와 헤어져 돌아오는 길에 억지 부린 것을 후회했단다.

얼마 지나지 않아 나는 괜한 걱정으로 너를 힘들게 했다는 것을 알았어. 뜻밖에도 너는 사랑하는 사람이 생겼다더니 거짓말처럼 서둘러 결혼했거든. 생각보다 빨리한 결혼에 그동안 했던 잔소리와 네가 곁에 없다는 허전함으로 마음이 한동안 울적했단다.

결혼 1년 만에 예쁜 딸 서윤이를 출산하고, 2년 뒤에 둘째를 가졌다는 소식에 행복했었다. 아들이라는 말에 친정 부모로서 사돈댁에 떳떳한 마음마저 들었단다. 고령의 사돈 어르신이 아직 손주가 없었기 때문이었는지도 모르겠다.

정기검진을 받고 오는 날이면 너는 초음파 사진과 함께 검진 결과도 보내 주었어. 서동이(태명)가 무럭무럭 잘 자란다는 말에 건강하게 태어날 손주를 상상하며 나는 행복한 날을 보내고 있단다.

음성 품바 축제가 한창인 5월 마지막 주, 나는 행사장 이곳저곳을 누비며 봉사활동을 하고 있었어. 마이크 소리와 주변의 음악 소리에 옆 사람과 대화도 어려운 상황이었지.

그때 너에게 전화가 걸려 왔어. 주변의 소음이 아무리 커도 떨리는 너의 목소리에 직감적으로 불안감을 느꼈어. 나는 소음이 적은 곳으로 뛰었어. 눈물에 젖은 음성으로 네가 전해주는 소식에 나는 그만 다리에 힘이 풀리고 말았단다. 서동이의 초음파 검사에서 '선천성 횡격막 탈장'이 발견되어 서울의 종합병원으로 가야한다니. 축제장은 사람들로 붐볐으나 나는 아무것도 보이지 않았어. 마음을 진정하고 한걸음에 집으로 달려와 이름도 생소한 '선천성 횡격막 탈장'을 인터넷으로 검색했단다. 장기를 감싸 주는 막이 없어 제 위치에 있어야 할 장기들이 자리를 이탈한 상태라는 내용이었어. 이 때문에 폐의 발육이 늦어진다니 눈앞이 캄캄해지는 소식이었어. 태어나는 동시에 횡격막 봉합수술을 해야 한다니, 너의 마음은 어떨까 생각하니 가슴이 너무 아팠단다.

서울아산병원 예약날짜가 다가왔어. 하필 메르스의 확산으로 온 나라가 불안에 떨던 시기였지. 학교에 휴교령이 내려지고, 병문안도 금지되고, 모든 행사는 잠정 연기 또는 취소되었어. 외국에서 국내로 들어오려던 관광객들은 다른 나라로 행선지를 바꾸거나 취소하고 있다고 연일 방송에서 떠들어댔지. 게다가 메르스 환자가 있는 병원을 공개하지 않아 유언비어만 난무했어. 서울아산병원에도 환자가 다녀갔다는 소문이 있다는 직장 동료의 말에도 너는 아랑곳하지 않았어. 서동이를 지키겠다는 모성이 네게 그런 용기를 불어넣었다고 생각해. 담당 의사와 출산과 수술 과정을 상의하는 너의 초조한 모습을 지켜보는 나는 아무런 도움을 줄 수 없어 안타까움만 더했단다.

너와 통화할 때마다 "마음을 크게 갖자. 네가 불안하면 배 속의 아기가 더 불안감을 느껴. 우리 잘해 보자. 괜찮을 거야. 씩씩하게 잘 이겨보자."라고. 그런데 너는 이미 그렇게 하고 있었어.

시간이 흘러 우리 서동이 만나는 날도 이제 한 달 남짓 남았구나. 며칠째 비가 내리고 있어. 오랜 가뭄으로 저수지가 마르고 들녘의 농작물들이 불볕더위에 시들고 있었는데 단비가 대지 위의 모든 것을 촉촉이 적셔주고 있어. 내가 지나던 길옆 바닥이 드러난 저수지에도 물이 채워지고 있어. 우리에게도 단비 같은 기쁨이 있을 거라 믿어 의심치 않는다.

딸아, 장하다. 직장도 다녀야 하고 복중의 아기도 지켜야 하는 이중 삼중의 고통을 너는 잘 이겨내고 있어. 그래서 엄마는 위대하다고 하는 거란다. 의연하고 흔들림 없는 너를 바라보며 많은 생각을 하게 하는구나.

조용히 나의 일상을 돌아본다. 행여 나의 잘못으로 자식들이 고통을 받는 건 아닌지. 잘못이 있다면 제게 벌을 주십사 간절히 기도했단다. 태중의 자그마한 서동이의 존재는 이 시간 우리에게는 우주라고 생각해. 우리의 전부라는 뜻이야. 한 달 후 씩씩한 모습으로 건강하게 이 세상에 왔노라고 우렁찬 울음으로 답할 것을 나는 의심치 않는단다.

딸아! 그날까지 우리 한 마음으로 기도하며 힘내자.

2015. 7. 15

돌절구

우편물이 쌓였다. 집으로 오르는 계단 옆 항아리처럼 생긴 우직한 절구통이 우리 집 우편함이다. 징으로 쪼아 만든 돌절구는 모서리가 떨어지고 흙먼지가 쌓여 본연의 소임을 잃은 지 오래다. 지금은 각종 우편물, 주문한 책, 택배 등을 보관하며 새로운 임무로 여전히 바쁘다.

돌절구에는 시할머니의 손을 거쳐 어머님의 부지런했던 시간, 나의 서툰 절구질이 고스란히 녹아있다. 돌절구에 담긴 지난 풍경을 들추고 귀 기울이면 조곤조곤 옛이야기가 들려오곤 한다.

부엌 뒷문 봉당 위에 움푹 파인 돌절구는 거친 보리쌀을 닦는 데 그만이었다. 시부모님은 보리밥을 유난히 좋아하셨다. 끼니 때마다 열 명이 넘는 식구들의 밥을 짓기 위해 돌절구를 사용했다. 절구질의 횟수가 더할수록 보리쌀은 서로 부대끼고 닦여 부드러워졌다. 삶을 때 팥이라도 한 움큼 넣으면 구수한 밥맛이 일품이었다.

보리쌀을 절구에 찧기 시작하면 아버님은 밥솥에 불 넣을 준비를 하셨다. 풍구에 연통을 연결하여 아궁이 깊숙이 넣고 왕겨를 한 삼태기 담아온다. 절구에서 꺼낸 보리쌀을 씻어 솥에 안치면 아버님의 풍구가 돌기 시작한다. 왕겨를 흩뿌리는 노련하고 빠른 손놀림에 금세 불이 발갛게 피어오른다. 솥에서 김이 솟고 끓기 시작하면 보리쌀 절반을 건져 소쿠리에 담아 보관한다. 그동안 아버님은 찬에 들어갈 마늘 한 통, 파 두 뿌리를 다듬어 내게 주신다. 내가 보리쌀 위로 쌀을 적당히 섞어 솥뚜껑을 덮으면 아버님은 다시 불씨를 살린다. 일이 서툰 며느리를 살피는 아버님의 사랑은 아궁이를 개조하던 해까지 계속되었다.

절구통은 종가를 이끄시는 어머님의 마음만큼이나 그 품이 넓었다. 마르거나 젖은 것 무엇 하나 가리는 것이 없었다. 메주와 청국장이 절구를 거쳐 모양이 만들어졌고, 녹두와 동부가 떡고물과 지짐이로 상에 올랐다. 어머님은 제사상에 올릴 음식을 만들 때 그 솜씨가 더 빛났다. 그뿐만이 아니라 된장과 고추장은 항아리마다 가득해 친척이나 이웃과 나누었다. 내 집을 찾은 손님을 빈손으로 보내는 일이 없는 어머니께 나는 한때 투정도 했다. 하지만 그 깊은 뜻을 알기까지 그리 오랜 시간이 걸리지 않았다. 어머님이 우리 곁을 떠나시고 빈 항아리가 늘면서 친척들의 출입도 뜸해졌기 때문이다.

서툰 절구질에 곡식이 튀듯 고단했던 일상은 내 마음을 수시로 튀게 했다. 꿈꾸던 결혼 생활이 풀리지 않고 실타래처럼 엉킬 때 야속한 마음도 절구에 넣어 함께 찧었다. 밥벌이를 위해 야심 차게 시작한 남편의 사업이 큰아이가 초등학교에 들어가기도 전에 빚만 안은 채 접어야 했다. 의욕을 잃은 남편은 어두운 터널 속에 스스로 갇혔고, 나는 가족의 생계를 위해 가만히 앉아 있을 수만은 없어 휴일 없는 힘든 날을 보내기도 했다. 삶의 절구질이 능숙해지기까지 무던히 긴 시간이 걸렸다.

돌절구와 함께한 44년의 세월이 지났다. 요즘은 대가족이 함께 생활하며 작은 것도 이웃과 나누던 그때가 자주 생각난다. 돌절구는 오늘도 집으로 오르는 계단 옆에서 묵묵히 제 할 일을 하고 있다. 거친 보리쌀을 뽀얗게 닦아주던 넉넉한 품에 이제는 새 소식과 함께 그리움과 사랑을 담고 나를 지켜보고 있다.

(농어촌여성문학 2022.)

내 그릇 크기만큼

한적한 시골길을 달려 골짜기로 접어들었다. 장맛비에 길은 패었고, 크고 작은 돌멩이가 깔린 길을 덜컹거리며 올라갔다. 친구의 트럭이 아니면 감히 엄두도 못 낼 길이다. 사람의 발길이 닿지 않은 골짜기의 밤나무 아래에는 밤송이와 크고 작은 알밤이 지천으로 널렸다.

밤을 주우려고 손을 뻗다가 가시에 찔렸다. 움찔하며 살펴보니 손가락에 가시가 박혔다. 아무런 대가도 치르지 않은 자에게 그리 쉽게 내어줄 수 없다는 경고 같다. 나무는 여린 밤을 보호하기 위한 방패로 가시를 만들었을 것이다. 누가 해코지라도 할세라 앙다물고 있던 가시 껍질도 속살이 단단하게 영글면 입을 쩍 벌리고 우리네 마음을 유혹한다. 이렇게 열매를 키우느라 수고한 나무를 올려다본다. 까마득히 높다. 빽빽하게 서 있는 나무들은 볕을 고루 나누면서 숲을 이뤘다. 경쟁 관계이면서도 서로의 바람막이가 되어 주는 것은 결국 자신을 지키는 일이지 싶다.

나는 수필을 공부한 지 12년이 되었다. 오랜 시간 망설이다 용기 내어 수필 교실 문을 밀고 들어섰을 때 내 어색함을 아셨는지 선생님이 두 팔로 안아 주셨다. 선생님의 포옹은 숫기 없던 내게 큰 응원이 되었다. 그 응원에 힘입어 몇 년 후 등단했지만, 좋은 글이 잘 써지지 않았다. 글 당번 차례가 오면 며칠 밤을 끙끙대며 준비하지만, 문우들의 합평을 들을 때면 밤송이 가시에 찔리는 것처럼 마음이 따끔거렸다. 그 자리에 주저앉고 싶을 만큼 좌절할 때가 여러 번 있었다. 그래도 글쓰기를 멈추지 못하는 이유가 있다. 서툰 글이지만 한 편을 쓰고 나면 깊숙이 묻어둔 상처에 새살이 돋는 것처럼 치유가 된다는 사실이다. 문우들의 글이 저만치 앞서가더라도 조급해하지 말고 나는 내 그릇에 담을 만큼의 글을 쓰면 되지 않을까.

요즘은 독서 모임을 통해 마음의 곳간을 채우고 있다. 정해진 페이지만큼 책을 읽고 매일 리뷰를 쓰는데 동료들의 글에 더 눈길이 간다. 부족한 내 글에 주눅 들어있다가도 그들의 격려에 용기를 내고는 한다. 나무들도 폭풍이 몰아칠 때는 같은 방향으로 함께 흔들리며 누웠다가도 꺾이지 않고 다시 일어난다. 내가 좌절이라는 바람에 꺾이지 않는 것도 동행하는 문우들이 옆에 있기 때문이다.

사람이 심어놓은 곡식도 자연이 키운 열매도 무르익는 계절이다. 골짜기의 밤나무는 지난겨울부터 꽃눈을 지키느라 강풍에 맞섰고, 꽃샘추위의 시샘에도 꿋꿋하게 싹 틔우고 열매 맺었다. 나무가 그 여름의 불볕을 온몸으로 품어 안은 것은 오로지 열매를 키우기 위한 고군분투였다.

글쓰기도 이와 같다고 생각한다. 내가 거둘 수확이 빈곤하다고 느낄수록 좋은 글을 찾아 읽고, 서툰 글이라도 더 열심히 쓰다 보면 언젠가는 독자의 공감을 끌어내는 글을 쓸 날이 오지 않을까.

이왕 시작한 글쓰기 공부다. 부족한 글이라도 묵묵히 쓰며 내 가슴속 상처 난 곳을 어루만지며 천천히 걸어갈 것이다.

(충청타임즈 2023. 1.)

따스한 겨울

　한 장 남은 달력에도 일정이 빼곡하다. 그 메모들이 그동안 무엇을 하고 지냈는지 말하고 있다. 오늘 날짜에는 '쌀 배달'이라고 적혀 있다. 홀로 사시는 할머니 댁을 방문하기 위해 두툼한 외투를 입고 집을 나선다.

　쌀자루를 안고 문을 밀며 들어서는데 훈기가 없다. 난방비를 아끼느라 보일러를 제대로 가동하지 않은 모양이다. 냉방이나 다름없는 방에서 할머니는 팔에 깁스까지 하고 계시다. 갑자기 추워진 날씨에 웅크리고 걷다가 빙판에서 넘어지셨다고 한다. 속이 상한 나는 더 말을 잇지 못하고 어르신을 꼭 안아드렸다. 할머니의 외로움과 푸근함이 가슴으로 전해져 와 내가 위로받는 느낌이다. 독감에 걸리면 코로나보다 더 무서우니 낮에는 경로당에 가 몸을 따뜻이 하고, 주무실 때는 보일러 온도를 좀 높이라고 말씀드리고 집을 나왔다.

　한겨울 날씨지만 바람이 순하다. 볕이 있는 길로 걸으니 할머니 댁보다 오히려 덜 추운 느낌이다. 아직은 큰 추위가 몇 차례 더 올 텐데, 할머니는 이 겨울을 어떻게 나실지 걱정이다. 우리 현관문을 열고 들어서자, 행복처럼 온기가 온몸을 감싼다. 뜨거운 커피 한 잔 앞에 놓고 앉았는데 할머니 댁의 추운 방이 자꾸만 마음 쓰인다.

뒤로 넘어간 달력을 한 장씩 앞으로 넘기며 지난 일 년을 돌아본다. 작년 이맘때 나는 주변을 의식하지 않고 내 삶에만 열중하기로 마음먹었었다. 그러나 희망찬 새해 1월이 채 다 가기도 전에 불행이 찾아왔다. 하루하루, 달력에는 바라보기도 두려울 만큼 무서운 일들이 고스란히 적혀 있다. 그렇게 남편을 떠나보내고 빈방에서 혼자 막막한 시간을 보내고 있었다. 주말이면 손주를 데리고 집으로 달려오던 자식들도 시간이 지나자 각자 사는 일로 바빠 걸음이 뜸해졌다.

그 무렵이었다. 친구들이 책 한 권을 들고 찾아왔다. 고이케 마리코의 작품『달밤 숲속의 올빼미』였다. 그때 내 마음은 몸을 떠난 것처럼 멍했고 아무것도 할 수 없는 공황 상태에서 무심한 마음으로 읽기를 시작했다.

남편을 잃은 작가가 잔잔하게 쓴 글은 내 마음을 그대로 옮겨 놓은 것 같았다. 사람 살아가는 것이 환경만 다를 뿐 어쩜 그리 비슷한지…. 남편이 떠난 뒤 고이케 마리코는 실내복에 헐렁한 허리 고무줄을 고쳐주지 못한 것이 그렇게도 후회스럽다고 했다.

나도 그랬다. 만발한 봄꽃을 함께 보지 못하는 것, 사소한 것에도 잔소리했던 것, 좀 더 행복하게 살지 못한 것 등등. 그 모두가 후회스러웠다. 책을 읽으면서 공감 가는 대목에서 한참씩 눈물을 흘리고 나면 속이 좀 후련해지기도 했다. 또한 친구들과 일정 페이지를 읽고 생각을 공유하면서 조금씩 안정을 찾을 수 있었다. 이렇게 친구들과 목록을 정해 매월 한 권씩 책을 읽으며 조금씩 마음이 단단해지고 있다.

사람은 누구나 시린 구석 한두 군데는 안고 산다. 할머니도 나도 따듯한 체온이 필요함에랴. 털장갑, 도톰한 양말, 핫팩, 목도리 등을 챙겨 다시 현관문을 나선다. 비록 작은 것이지만, 가는 마음을 아껴 또 후회하지 않기 위해 타박타박 할머니를 또 찾아간다.

할머니 댁에 닿기 전부터 미리 내 마음이 따스해지는 날이다.

(충청타임즈 2024. 1.)

봄을 만들다

가지마다 연둣빛 작은 잎이 바람에 일렁인다. 골짜기에는 진달래가 발갛게 물들고 있다. 요 며칠 포근한 날씨에 죽은 듯 기척 없던 새싹들도 일제히 고개 들어 무거운 흙덩이를 밀어 올리고, 볕은 온 대지를 고루 비추어 아주 여린 것들에게도 용기를 주고 있다.

해마다 함께 바라보던 이 경이로운 봄을 올해는 혼자 본다. 작년에 남편과 같이 본 그 꽃과 잎은 모두 땅으로 내려앉아서 거름이 되었을 것이다. 덕분에 올해는 저리 고운 꽃과 잎이 되었으리라. 계절은 봄을 노래하지만, 나는 아직도 겨울에 머물러 있다. 무시로 찾아드는 그리움에 오늘도 남편에게 달려가 제단 앞에 잔을 올리고 한참을 앉아 있다 돌아왔다.

6년 전 여름이었다. 허리 디스크 수술을 받으러 간 병원에서 호흡기내과를 가보라는 주치의의 권고를 받았다. 퇴원 후 성치 않은 몸으로 서둘러 큰 병원 호흡기내과를 찾았다. 암이라고 했다. 폐에서 림프샘으로 전이되어 수술은 불가능하고 항암치료를 받아야 한다는 말에 우리는 망연자실했다.

남편은 항암치료를 거부하고 자연치유를 선택했다. 맑은 공기를 찾아 산속에 머무는 시간이 많았고, 철저히 자연치유 프로그램을 지키며 요양했다. 몸은 조금씩 좋아졌고, 병원에서 3개월마다 했던 검사 결과도 좋아지고 있어 안심했다.

그러나 방심은 금물이었다. 3년간 꿈쩍 않던 종양은 다시 몸집을 키우기 시작했고 여러 가지 정황으로 봐서 자연치유를 포기할 수밖에 없었다. 병원 치료를 받기 시작하면서 의사의 말 한마디에 우리는 천당과 지옥을 오갔다. 남편도 나도 그리고 의사도, 모두가 최선을 다했지만, 남편은 점점 더 쇠약해져갔다.

일상처럼 입·퇴원을 반복하던 중, 다시 병원에 입원한 지 일주일째였다. 남편과 종일 같이 있다가 내일 다시 오겠다고 하자 빙그레 웃으며 "내일 일찍 와."라고 했었다. 그렇게 나는 병원 문을 나서 집으로 돌아왔다.

다음 날 아침 병원에서 나를 급히 찾았다. 황급히 달려갔지만, 남편은 의식이 없었다. 전혀 예측하지 못한 상황이었다. 숨 가쁜 이틀 동안에 우리는 이별을 준비해야 했다. 나는 의식이 없는 남편의 몸을 따뜻한 물수건으로 닦아주며 귓가에 앉아 많은 이야기를 했다. 그리고 자연이 알아서 남편을 데려갔다. 얼음처럼 차가웠던 지난겨울. 지금까지 한 번도 겪어보지 못한 그 추위 한가운데 서서 나는 무엇에 떠밀리듯 꿈을 꾸는 것처럼 보냈다.

우리는 46년을 함께 살았다. 꼼꼼했던 그의 손길이 집안 구석 구석 머물지 않은 곳이 없다. 멍하니 앉아 있는 날이 많아졌고 주인 잃은 물건들을 바라볼 때는 흐르는 눈물을 걷잡을 수 없었다. 남편의 만년필, 핸드폰, 시계, 면도기가 할 일을 잃었고, 창고 안에는 용도를 알 수 없는 갖가지 공구함 위로 먼지가 쌓이고 있다.

기관지가 약한 남편은 황사 먼지에 민감했다. 그런 날은 외출을 자제하자며 서로를 걱정했는데 올해부터는 말할 상대가 사라지고 말았다. 반복되던 일상이 매일 이어질 줄 알았던 평범했던 지난날들이 이리 소중하게 다가올 수가 없다.

남편이 곁에 있을 때 나는 자식에게는 이해심 많고 다정한 어머니였고 이웃에게는 인정 많은 편한 사람이라는 소리를 종종 들었다. 몇십 년째 주택에 사는 우리 집은 앞, 뒤, 옆으로 여러 이웃과 어깨를 나란히 담 하나 사이에 두고 살아가고 있다. 옆집의 커다란 심야전기 계량기가 우리 집 담 안에 붙었고, 여유 공간이 없는 상가의 앞집, LPG 가스통은 담을 넘어 우리 집 담벼락에 자리 잡은 지 30년이 넘었다. 이태 전 겨울에는 옆집에서 보일러를 내 방 가까이 새로 설치했다. 밤잠을 설칠 만큼 소음이 컸다. 내가 몹시 화를 내자, 남편은 조용히 옆집을 찾아가 보일러를 다른 곳으로 옮겨 놓게 했다. 궂은일은 남편이 도맡아 해결했기 때문에 나는 이웃에게 그저 좋은 사람이면 되었다. 그러나 이제는 모든 것이 내 차지가 되었다. 현실이 무서워 도망치고 싶다. 그럴 때는 그냥 집안에 움츠리고 앉아 꿈쩍하지 않는다.

꽃샘추위가 한창이던 날, 움츠리고 있는 내 모습이 안쓰러웠는지 선배가 나를 불렀다. 봄에 심을 복숭아 묘목을 사러 간다고 함께 가자고 했다. 나는 자리에서 일어나 따라나섰다. 그녀의 트럭에 올라 시골길을 한참을 달려 이천시 어느 묘목 농장에 도착했다. 농장 옆 창고 안으로 들어갔다.

그곳에는 외국인 두 사람이 무언가 열심히 만들고 있었다. 커다란 자루에는 다른 뿌리와 다른 가지가 각각 담겨있었다. 낯선 풍경에 주인에게 물어보니, 새로운 품종을 접목하는 중이라고 했다. 대목臺木의 뿌리 부분과 접순接筍을 서로 잇대어 붙여 관상용 꽃나무를 만드는 것이었다. 그 모습이 신기하여 나는 한참을 바라보았다. 여린 가지 한쪽 끝에는 수분 증발을 막기 위해 촛농을 묻혀놓았다. 뿌리가 달린 대목에 칼집을 내고, 도끼날처럼 뾰족하게 다듬은 촛농 묻힌 접순을 맞물려 끼웠다. 그러고는 얇은 비닐로 싸서 고정하면 완성이다.

이렇게 만든 꽃나무 묘목을 땅에 심으면 품종이 개량된 하나의 나무로 성장해 예쁜 꽃을 피운다고 했다. 봄에는 이렇게 새로운 생명들이 시시각각 태어나고 있었다. 사람의 생명도 이렇게 재생될 수 있다면…. 묘목을 싣고 돌아오는 차 안에서 삶에 대해 많은 이야기를 했다. 선배는 내게 그리운 사람이 있다는 것만도 큰 재산이라 격려하기도 했다.

계절은 변함없이 흐르고 있다. 새로운 생명이 쉼 없이 태어나고 자라는 봄이다. 꽃샘추위가 한창이던 그때, 묘목 농장에서 본 꽃나무 접목을 다시 생각한다. 나도 남편과 함께한 긴 세월이라는 뿌리가 있으니 이제 나만의 싹을 잇대어 새순이 돋게 하는 일상을 만들어야 한다. 그런 날이 내게 올 수 있을까.

평소에 긍정적이었던 남편은 내가 자리에서 하루빨리 일어나길 바랄 것이다. 그 사람의 마음을 알기에 나는 용기를 내어볼 참이다. 차갑게 얼어붙은 마음에 이제는 작은 볕이라도 들여놓고 봄을 만들고 싶다.

(충청타임즈 2024. 4.)

25년 만의 재회

　가지마다 연둣빛 작은 잎이 바람에 일렁인다. 골짜기에는 진달래가 발갛게 물들고 있다. 요 며칠 포근한 날씨에 죽은 듯 기척 없던 새싹들도 일제히 고개 들어 무거운 흙덩이를 밀어 올리고, 볕은 온 대지를 고루 비추어 아주 여린 것들에게도 용기를 주고 있다.

　해마다 함께 바라보던 이 경이로운 봄을 올해는 혼자 본다. 작년에 남편과 같이 본 그 꽃과 잎은 모두 땅으로 내려앉아 거름이 되었을 것이다. 덕분에 올해는 저리 고운 꽃과 잎이 되었으리라. 계절은 봄을 노래하지만, 나는 아직도 겨울에 머물러 있다. 무시로 찾아드는 그리움에 오늘도 남편에게 달려가 제단 앞에 잔을 올리고 한참을 앉아 있다 돌아왔다.

　6년 전 여름이었다. 허리 디스크 수술을 받으러 간 병원에서 호흡기내과를 가보라는 주치의의 권고를 받았다. 퇴원 후 성치 않은 몸으로 서둘러 큰 병원 호흡기내과를 찾았다. 암이라고 했다. 폐에서 림프샘으로 전이되어 수술은 불가능하고 항암치료를 받아야 한다는 말에 우리는 망연자실했다.

남편은 항암치료를 거부하고 자연치유를 선택했다. 맑은 공기를 찾아 산속에 머무는 시간이 많았고, 철저히 자연치유 프로그램을 지키며 요양했다. 몸은 조금씩 좋아졌고, 병원에서 3개월마다 했던 검사 결과도 좋아지고 있어 안심했다. 그러나 방심은 금물이었다. 3년간 꿈적 않던 종양은 다시 몸집을 키우기 시작했고 여러 가지 정황으로 봐서 자연치유를 포기할 수밖에 없었다. 병원 치료를 받기 시작하면서 의사의 말 한마디에 우리는 천당과 지옥을 오갔다. 남편도 나도 그리고 의사도, 모두가 최선을 다했지만, 남편은 점점 더 쇠약해져 갔다.

일상처럼 입·퇴원을 반복하던 중, 다시 병원에 입원한 지 일주일째였다. 남편과 종일 같이 있다가 내일 다시 오겠다고 하자 빙그레 웃으며 "내일 일찍 와."라고 했었다. 그렇게 나는 병원 문을 나서 집으로 돌아왔다.

다음 날 아침 병원에서 나를 급히 찾았다. 황급히 달려갔지만, 남편은 의식이 없었다. 전혀 예측하지 못한 상황이었다. 숨 가쁜 이틀 동안에 우리는 이별을 준비해야 했다. 나는 의식이 없는 남편의 몸을 따뜻한 물수건으로 닦아주며 귓가에 앉아 많은 이야기를 했다. 그리고 자연이 알아서 남편을 데려갔다. 얼음처럼 차가웠던 지난겨울. 지금까지 한 번도 겪어보지 못한 그 추위 한가운데 서서 나는 무엇에 떠밀리듯 꿈을 꾸는 것처럼 보냈다.

우리는 46년을 함께 살았다. 꼼꼼했던 그의 손길이 집안 구석구석 머물지 않은 곳이 없다. 멍하니 앉아 있는 날이 많아졌고 주인 잃은 물건들을 바라볼 때는 흐르는 눈물을 걷잡을 수 없었다. 남편의 만년필, 핸드폰, 시계, 면도기가 할 일을 잃었고, 창고 안에는 용도를 알 수 없는 갖가지 공구함 위로 먼지가 쌓이고 있다.

기관지가 약한 남편은 황사 먼지에 민감했다. 그런 날은 외출을 자제하자며 서로를 걱정했는데 올해부터는 말할 상대가 사라지고 말았다. 반복되던 일상이 매일 이어질 줄 알았던 평범했던 지난날들이 이리 소중하게 다가올 수가 없다.

남편이 곁에 있을 때 나는 자식에게는 이해심 많고 다정한 어머니였고 이웃에게는 인정 많은 편한 사람이라는 소리를 종종 들었다. 몇십 년째 주택에 사는 우리 집은 앞, 뒤, 옆으로 여러 이웃과 어깨를 나란히 담 하나 사이에 두고 살아가고 있다. 옆집의 커다란 심야전기 계량기가 우리 집 담 안에 붙었고, 여유 공간이 없는 상가의 앞집, LPG 가스통은 담을 넘어 우리 집 담벼락에 자리 잡은 지 30년이 넘었다. 이태 전 겨울에는 옆집에서 보일러를 내 방 가까이 새로 설치했다. 밤잠을 설칠 만큼 소음이 컸다. 내가 몹시 화를 내자, 남편은 조용히 옆집을 찾아가 보일러를 다른 곳으로 옮겨 놓게 했다. 궂은일은 남편이 도맡아 해결했기 때문에 나는 이웃에게 그저 좋은 사람이면 되었다. 그러나 이제는 모든 것이 내 차지가 되었다. 현실이 무서워 도망치고 싶다. 그럴 때는 그냥 집안에 움츠리고 앉아 꿈쩍하지 않는다.

꽃샘추위가 한창이던 날, 움츠리고 있는 내 모습이 안쓰러웠는지 선배가 나를 불렀다. 봄에 심을 복숭아 묘목을 사러 간다고 함께 가자고 했다. 나는 자리에서 일어나 따라나섰다. 그녀의 트럭에 올라 시골길을 한참을 달려 이천시 어느 묘목 농장에 도착했다. 농장 옆 창고 안으로 들어갔다.

그곳에는 외국인 두 사람이 무언가 열심히 만들고 있었다. 커다란 자루에는 다른 뿌리와 다른 가지가 각각 담겨있었다. 낯선 풍경에 주인에게 물어보니, 새로운 품종을 접목하는 중이라고 했다. 대목臺木의 뿌리 부분과 접순接筍을 서로 잇대어 붙여 관상용 꽃나무를 만드는 것이었다. 그 모습이 신기하여 나는 한참을 바라보았다. 여린 가지 한쪽 끝에는 수분 증발을 막기 위해 촛농을 묻혀놓았다. 뿌리가 달린 대목에 칼집을 내고, 도끼날처럼 뾰족하게 다듬은 촛농 묻힌 접순을 맞물려 끼웠다. 그러고는 얇은 비닐로 싸서 고정하면 완성이다. 이렇게 만든 꽃나무 묘목을 땅에 심으면 품종이 개량된 하나의 나무로 성장해 예쁜 꽃을 피운다고 했다. 봄에는 이렇게 새로운 생명들이 시시각각 태어나고 있었다. 사람의 생명도 이렇게 재생될 수 있다면…. 묘목을 싣고 돌아오는 차 안에서 삶에 대해 많은 이야기를 했다. 선배는 내게 그리운 사람이 있다는 것만도 큰 재산이라 격려하기도 했다.

계절은 변함없이 흐르고 있다. 새로운 생명이 쉼 없이 태어나고 자라는 봄이다. 꽃샘추위가 한창이던 그때, 묘목 농장에서 본 꽃나무 접목을 다시 생각한다. 나도 남편과 함께한 긴 세월이라는 뿌리가 있으니 이제 나만의 접순을 잇대어 새순이 돋게 하는 일상을 만들어야 한다. 그런 날이 내게 올 수 있을까!

평소에 긍정적이었던 남편은 내가 자리에서 하루빨리 일어나길 바랄 것이다. 그 사람의 마음을 알기에 나는 용기를 내어볼 참이다. 차갑게 얼어붙은 마음에 이제는 작은 볕이라도 들여놓고 봄을 만들고 싶다.

봄이 오는 길목에서

문을 열고 들어서자, 찬바람이 나를 맞이한다. 이곳은 십 년 전에 남편이 만든 작은 쉼터였다. 친구들이 언제든지 찾아와 쉴 수 있는 놀이터를 만든 것이다. 몇 년간 이곳에는 친구들과 후배가 찾아와 화기애애한 웃음이 끊이질 않았다. 음식을 해 먹으며 정을 쌓아가는 그들이 보기 좋아 나는 가끔 김치, 된장, 고추장 등을 냉장고에 넣어주기도 했다. 그러던 중 남편의 건강이 나빠지자, 친구들의 발걸음도 뜸해졌다. 백방의 노력에도 불구하고 남편은 먼 길을 떠나버렸고, 쉼터에는 먼지만 쌓여갔다. 더는 쉼터가 아니라 빈터가 되었다.

한 사람의 부재로 인해 나는 우주의 미아가 되어 서 있는 날이 많았다. 요즘은 내게 주어진 일을 처리할 때 남편에게 상의하듯 자문자답을 많이 하게 된다. 빈터를 다시 쉼터로 되돌릴 수는 없을까. 사람들이 머물 때 온기로 가득했던 그때처럼 활기를 불어넣고 싶었다.

코끝이 찡할 만큼 바람이 매운 며칠 전이었다. 아직 풍경은 흑백인 지방 정원으로 갔다. 봄은 아직 먼 듯 초목은 기척이 없고, 새들만 나뭇가지 사이를 포르릉 날아 오르내렸다. 찬 바람에 옷깃을 여미며 웅크리고 걸었다.

얼마를 걷다 보니 검은 땅 위에 모래 더미 같은 작은 무더기가 군데군데 눈에 띄었다. 누가 모래를 한 삽씩 부어 놓은 걸까. 가던 길을 멈추고 그 앞에 쪼그리고 앉았다. 모래에서 나는 광채가 없었다. 알갱이 하나를 집어 들고 비벼보았다. 힘없이 바스라졌다. 그것은 모래가 아니라 개미들이 뭉쳐 놓은 흙 알갱이였다. 한참을 더 지켜보니 개미들의 움직임이 보였다.

밖은 아직 얼음으로 덮여있는데, 부지런한 개미들은 벌써 일을 시작한 것이었다. 우수경칩이 지났으니, 지열로 인해 땅속은 따뜻해진 걸까. 긴 잠에서 깨어나자 낡고 허물어진 곳이 많았던 걸까. 보수도 해야 하고, 새로 태어날 새끼들을 위해 안전한 집도 필요했으니 그리 바삐 움직인 것이리라. 파낸 흙을 침으로 뭉쳐 밖으로 내다 버리기를 반복하는 동안 흙덩어리가 그리 높이 쌓인 것이었다. 개미들의 숫자가 많다고는 하나 그 자그마한 체구에 어디서 그런 힘이 났을까. 그것은 서로를 향한 믿음과 사랑으로 힘을 합쳤기에 가능했으리라. 나는 그 자리를 뜨지 못하고 개미들의 노력을 응원했다. 나도 빈터를 수리해 활기 넘치는 쉼터로 되돌리기로 마음먹었다.

빈터의 먼지 쌓인 물건들이 모두 밖으로 나왔다. 그동안 남편의 우정과 추억들이 고스란히 깃든 소파, 시계, 운동기구 수납장 등이 마당 한편에 수북하게 쌓였다. 쓸 수 없는 것은 버리겠지만, 수리가 끝나면 물건들은 용도에 맞게 제자리를 잡을 것이다.

우리에게는 우수 경칩에 담을 쌓거나 벽에 흙을 바르는 풍속이 있다. 이는 봄을 맞아 집안을 정돈하면서 한해를 어그러짐 없이 잘 보내기 위해 마음을 가다듬는 행위가 아니었을까.

한동안 적막했던 빈터가 소란스럽다. 활기라고는 없던 곳에 자재 나르는 화물차가 수시로 드나들고 망치 소리가 울린다. 흑백 사진으로 멈춘 이 공간에 생명 꿈틀대는 봄이 오는 소리다. 전에 남편이 하던 것처럼 나도 공사 현장 전체를 관리 감독한다. 공사장에 서서 두 귀를 활짝 열고 현장의 소리를 듣는다. 인부들의 우렁찬 소리, 자재 자르는 요란한 절단기 소리, 봄이 오는 소리를 듣는다.

(충청타임즈 2023. 3.)

두 번 피는 꽃

밤새 내린 눈이 하얀 세상을 만들어 놓았다. 아침에 나가보니 자동차도 나무도 모두 두꺼운 솜이불을 덮고 밤을 보냈다. 찬바람이 불자 옷깃을 여미고 사무실 앞을 지나던 이들이 솜꽃을 바라보며 한참씩 눈길을 준다. 머리에 인 함박눈 덕분에 더 풍성한 꽃을 피운 화분에 절로 시선이 가는 모양이다. 비어 있는 다른 화분들 사이에 혼자 꽃 피워 이 겨울을 지키고 있는 목화 화분이다.

지난봄이었다. 이웃이 목화모종 서너 포기를 주고 갔다. 요즘 보기 드문 꽃이라 내심 반가웠다. 넉넉한 화분을 골라 상토와 퇴비, 흙을 적당히 섞어 정성껏 심었다. 볕이 잘 드는 사무실 처마 밑에 다른 화분들과 나란히 두었다.

때가 되자 화분마다 봄꽃이 쉼 없이 피어나고 그 화려함에 벌나비가 모여들기 시작했다. 그래도 목화는 줄기와 잎만 키워댈 뿐 꽃피울 기미조차 보이지 않았다. 한 달이 넘도록 피고 지기를 거듭하던 봄꽃들이 시나브로 사라졌다. 계절이 바뀌어 여름이 되자 그제야 목화는 한두 송이 옥색 꽃을 피우기 시작했다. 봄꽃이 탄성을 자아내게 하는 화려함의 꽃이라면, 수수하고 소박한 목화꽃은 고요한 아름다움을 가진 꽃이었다. 사무실에 드나드는 사람들도 허리 굽혀 바라보며 그 고요한 매력에 빠지고는 했다.

은은한 옥색 꽃이 붉게 변한 뒤 진 자리에 조그마한 다래가 맺혔다. 복숭아 모양을 닮은 다래는 서리가 오고 찬바람이 불기 시작하자 사방으로 갈라지더니 눈송이 같은 탐스러운 꽃을 피우기 시작했다. 여름에는 현대인의 복잡한 삶에 위로가 되는 조용한 꽃으로 한번, 가을에는 인간의 삶에 이로운 꽃으로 또 한 번, 그 작은 모종에서 피운 두 번의 꽃으로 자신만의 특별한 존재 가치를 드러내고 있다.

자연의 생명들은 자신만의 꽃을 피우는 계절이 따로 있다. 목화가 오랜 기다림 끝에 꽃을 피우듯 나의 삶에도 긴 기다림의 시간이 있었다. 공부를 해보겠다고 용기를 내었던 그때를 돌아본다.

청춘이 저만치 물러간 40대 초반에 늦깎이로 공부를 시작했다. 어찌나 공부가 좋던지 잠을 자지 않아도, 밥을 먹지 않아도 신이 났다. 배움에 대한 오랜 목마름을 채우던 시간이었다. 검정고시를 통해 중고등학교를 마치고, 방송통신대 교육학과 학생이 되었다. 입학식 때 만난 학생들 대부분은 나이가 지긋해 보였다.

자기의 삶을 다른 이에게 양보하느라 원했던 공부를 늦게 시작한 이들이었다. 나이 또한 천차만별이었다. 동급생이라는 공통 분모로 우리는 하나가 되어 서로를 응원했다. 늦게 시작한 만큼 젊은이들보다 뜨거운 열정 덕분에 무사히 졸업할 수 있었다.

졸업한 그해 나는 취업을 했고, 가정주부에서 직장인이 되었다. 직장 일 또한 만만치 않았다. 이해력과 판단력이 남보다 조금 늦었다. 반면 성실함과 책임감은 직속상관이 인정해 주었다. 일선에서 고생하는 직원에게 주어지는 포상으로 대통령과 오찬을 함께하는 청와대로부터 초청을 받는 영광도 가졌다.

퇴직 후에는 유아숲지도사, 숲 해설사, 곤충지도사, 미술 심리 치료사 자격증을 취득해 산림교육전문가로 성장했다. 지금은 유아숲지도사로 근무하며 음성군 관내 어린아이들과 많은 시간을 함께하고 있다. 이 아이들과 함께 자연과 더불어 이로움을 주는 두 번째 꽃을 제대로 한번 피워볼 참이다.

(농어촌여성문학 2023.)

봄을 나누다

　나는 요즘 시간만 나면 들로 산으로 간다. 봄나물 뜯는 재미에 푹 빠졌다. 어제는 친구의 고향 뒷산에서 나물을 뜯었다. 야트막한 언덕을 오르자 싱그러운 초록이 수런거리며 잎을 틔워 키우고 있다. 양분을 저장한 채 긴 동면을 마친 새싹들은 모두 보약이나 다름없을 것이다. 주말에 올 아이들 밥상에 올릴 생각을 하니 신명이 난다.

　사월의 숲은 여기저기서 힘차게 올라오는 생명들의 함성으로 가득하다. 그 많은 풀 중에는 입맛 돋우는 나물도 있겠지만, 먹을 수 없는 풀도 있고 심지어 독초도 있을 것이다. 나물 보는 눈이 어두운 내가 나물을 찾으려니 여간 어려운 게 아니다.

　두 개의 골짜기를 지나는 동안 친구에게 먹을 수 있는 나물도 많이 배웠다. 이제 나도 저만치 나물이 보이면 욕심이 앞서 가파르고 낙엽 쌓인 길도 주저 없이 오르내린다. 한 잎 두 잎 따 담을 때마다 코끝으로 향긋함이 퍼진다. 그 향기에 끌려 나물 뜯기

삼매경에 빠져 시간 가는 줄 모른다. 아슬아슬한 산비탈 나무둥치에 의지해 물 한 모금으로 목을 축이고 나물을 찾아 헤매기를 두어 시간, 보드랍고 연한 산나물이 자루에 그득해졌다.

적당한 자리를 잡고 우리는 저마다 들고 온 먹을거리를 꺼냈다. 소풍 나온 듯 음식이 푸짐했다. 나무 그늘에 앉아 쉬는데 오래전 나물 보따리를 이고 삽짝 안으로 들어오시던 할머니가 생각난다.

이른 봄이면 할머니는 베보자기에 보리밥 한 덩이를 싸서 산으로 가셨다. 해거름이 되어서야 커다란 나물 보따리를 머리에 이고 마당으로 들어섰다. 마루에 내려놓은 보따리를 풀어 헤치면 뜨끈뜨끈한 열기가 났다. 온 산을 헤매며 수천 번 허리를 굽혔을 할머니, 내가 오늘 내 아이들을 생각하며 유유자적 나물을 뜯었다면, 할머니께서는 가족을 위해 온몸으로 수고를 다 하셨다.

할머니가 나물을 다듬고 삶아서 발에 널고 허리를 펼 때쯤이면 달빛이 마당을 환히 비추었다. 말린 나물은 동그랗게 타래를 만들어 보관했다. 그렇게 말려놓은 나물은 우리 식구가 한겨울 내내 먹을 밑반찬이기도 했다.

오일장이 서는 날이면 모아둔 고사리와 묵나물을 내다 판 돈으로 내 학용품과 용돈을 마련해 주셨다. 타지에 사는 아버지가 생활비를 보내 주어 집안 형편은 넉넉했지만, 적삼에 땀이 흥건하게 배도록 나물 보따리를 이고 걷던 할머니의 발걸음에는 손녀를 향한 애틋한 사랑이 담겼음을 나는 안다. 그 사랑의 씨앗이 점점 자라 지금까지 내 마음을 풍요롭게 하고 있으니 말이다.

당신의 아픈 손가락이었던 나는 지금 이렇게 씩씩하게 잘 사는데, 이 일상을 한 번만이라도 할머니에게 보여드릴 수만 있다면 하는 부질없는 생각이 봄나물 위로 스쳐 지나간다.

집에 도착하자마자 서둘러 산나물을 다듬고 끓는 물에 데쳤다. 들기름을 넉넉하게 넣고 양념해 무쳤더니 쌉싸름한 봄맛이 입안 가득 퍼진다. 귀한 것일수록 나눠야 제맛이다. 나물을 조금씩 봉지에 담았다. 동기간 같이 지내는 이웃에게 나눠주고 돌아오는 발걸음이 가볍다. 사실은 나물뿐만이 아니라 모진 겨울을 이겨내고 온 봄을 전하고 싶었다.

(충청타임즈 2024. 5.)

4

나비의 행방

아이들의 웃음소리

휴양림으로 오르는 구불구불한 산길로 접어든다. 산기슭 외딴 집 굴뚝에서 피어오르는 연기가 지붕을 타고 흩어진다. 난로 위에 올려놓은 물 주전자 뚜껑은 달그락거리고, 구이 틀에는 군고 구마가 익어갈 것만 같다. 군고구마 냄새와 함께 아이들의 웃음소리가 가득한 거실 풍경을 상상해 본다.

지난여름에는 이 길을 따라 노란색 어린이집 차가 연일 휴양림을 찾아왔다. 차에서 내린 아이들은 환호성을 질렀다. 비록 마스크를 착용했지만, 시멘트 건물을 벗어나 숲에 안겼으니 갑갑하던 가슴이 뻥 뚫린 느낌이 아니었을까.

숲에는 놀잇감이 풍부하다. 특히 자연물을 이용한 집짓기는 숲에서만 경험할 수 있는 귀한 놀이다. 주변의 나뭇가지를 주워 모아 서로 받치고 세우면서 삼각형 원뿔 모양의 인디언 나무집을 완성해 가는 놀이다. 서둘러서도 안 되고 균형이 안 맞아도 넘어진다. 쓰러지고 또 쓰러지길 여러 차례, 마침내 아이들은 협동해야 한다는 것을 알게 된다.

인디언 나무집이 완성되면 돌멩이와 모래로 식탁도 근사하게 꾸민다. 널려 있는 재료로 정원을 만들어 크고 작은 나무도 심는다. 어떤 아이는 나뭇가지에 알록달록한 낙엽을 꽂아 물고기를 잡았다고 외친다. 나는 백합나무 잎사귀로 가면을 만들어 아이들에게 씌워주었다. 멋진 나뭇잎 왕관이다. 이처럼 숲에 오면 아이들은 상상력과 호기심을 적극 발휘한다.

그처럼 신나게 놀던 숲 수업이 코로나 확진자 증가로 또다시 중단되었다. 새해가 밝았지만, 코로나바이러스의 확산은 여전하다. 속히 코로나바이러스 사태가 종식되고 아이들이 숲에서 뛰어노는 날이 오기를 기다린다. 그러나 상황은 점점 악화되고 나의 기다림은 언제까지 이어질지 기약이 없다.

바이러스는 사람들의 일상을 송두리째 바꿔놓았다. 올해 초등학생이 된 나의 손녀는 아침 아홉 시가 되면 EBS 교육 방송을 통해 학교 수업을 받는다. 교과목을 바꿔가며 출석 체크를 하고 화면 앞을 못 떠나는 모습이 짠하다. 집안에서 종일 지내는 아이들을 생각하면 우거진 숲으로 데려가 맑은 공기를 마음껏 마시며 뛰어놀게 해주고 싶다.

겨울로 접어들면서 전염병은 급속도로 확산하고 5인 이상의 만남도 규제하고 있다. 밖에서 보내던 시간이 고스란히 집 안으로 들어왔다. 처음의 답답했던 마음은 사라지고 점차 차분해진다. 집 안 구석구석 손길이 닿고, 미뤄둔 일을 하나씩 처리하는 지혜가 생긴다. 멀리 있는 가족들과 뜸했던 안부를 묻고 소중함을 확인한다. 조금이라도 미심쩍으면 자발적인 자가 격리를 하면서 나만이 아니라 우리라는 연대감을 회복하는 중이다.

숲 교육은 내년을 기약하며 지난 12월 초에 마무리 지었다. 오가며 만났던 왕벚나무를 올려 본다. 수많은 옹이와 갈라진 상처를 안고 서 있다. 갑자기 닥친 전염병으로 아픈 시간을 보내는 이들도 저렇게 깊은 상처가 생겼겠지. 매섭게 몰아치는 바람이 나목 사이로 걸림 없이 지나간다.

겨울나무 가지마다 겨울눈이 봉긋하다. 솜털 옷을 입은 꽃눈이 추위에 노출되지 않도록 비늘잎이 야무지게 감쌌다. 칼바람 속의 자식을 지키려는 어머니의 마음으로 내년 봄을 준비하고 있다.

나뭇가지 위의 새들은 여전히 노래하고 있다. 나무가 겨울눈을 보호하듯 우리도 서로를 보듬고 바이러스라는 처음 겪는 강추위를 이겨내야 한다.

새봄에는 이곳 백야의 골짜기에 새소리보다 더 큰 아이들의 웃음소리로 채워지길….

(충청타임즈 2021. 1.)

여름 이야기

더위로 숨이 막힌다. 이글거리는 볕이 쏟아지고 사거리 건널
목 옆으로 그늘막이 펼쳐졌다.

숲속에는 폭포에서 시원한 물줄기가 쏟아지는 듯 매미의 합창
이 숲을 메웠고, 오솔길을 따라 오르는 사람들을 바람이 마중하
여 동행한다.

나는 손주 같은 아이들을 기다리며 설렘으로 아침을 시작한
다. 이곳에서 어린이들의 숲 체험 교실을 담당하고 있기 때문이
다.

오늘은 꽃동네에서 천사의 집 유아들이 숲을 찾아왔다. 봄부
터 낯을 익힌 아이들이 반갑게 손을 흔든다. 우리는 안전을 약속
하고 숲으로 들어갔다. 숲의 변화에 아이들의 두 눈이 반짝인다.
지난달 연못에서 보았던 올챙이는 개구리가 되어 숲속을 뛰어다
니고, 예쁜 꽃이 피었던 꽃대에 씨앗이 맺혔다.

꽃말이 '엄마의 지극한 사랑'인 까치 다리(애기똥풀)가 길섶에

노랗게 피었다. 자나 깨나 아기의 건강을 염려하는 지극한 모성이 느껴진다. 불현듯 어릴 때 친구들과 하던 놀이가 생각났다. 줄기를 꺾어 노란 진액을 손톱에 칠하던 놀이다. 그때처럼 애기똥풀 대궁을 꺾어 아이들 손톱에 차례대로 노란 진액을 칠해 주었다. 대공이 지날 때마다 치자 빛 노란색으로 물이 들었다. 그것이 신기한지 아이들은 친구 손톱과 서로 비교하느라 와자하다.

더위에는 물놀이가 최고다. 우리는 계곡을 따라 흐르는 물속에 발을 담근다. 돌멩이를 들추자 움직이는 나뭇가지를 발견한다. 호기심이 발동한 아이들이 돌 틈에 숨은 유충들을 하나둘 찾아낸다. 강도래, 날도래 유충이다. 모래나 나뭇가지를 몸에 붙여 위장한 것이며, 성충이 되면 예쁜 날개를 달고 하늘을 나는 모습을 곧 볼 수 있다는 설명에 유충들을 제자리에 놓아주고는 다독인다. 물놀이를 마치고 여름방학이 끝나면 다시 만나자는 약속에 발갛게 상기된 얼굴로 돌아가는 아이들의 뒷모습에서 내 유년의 여름이 찾아온다.

두메의 앞 개울에는 언제나 맑은 물이 넘쳐흘렀다. 여름이면 종일 친구들과 수영 실력을 뽐냈고, 해거름이면 모래 위로 모습을 드러내는 다슬기를 잡느라 시간 가는 줄 몰랐다. 잠깐만 잡아도 종다래끼 반을 채우는 것은 식은 죽 먹기였다.

옥수수와 감자로 한 끼 식사를 대신하던 때였다. 근동에 하나뿐인 과수원에 복숭아가 발갛게 익고 있었다. 침을 꼴깍 삼키는 내 마음을 아신 듯 할머니는 귀한 보리쌀 닷 되를 내주었다. 보리쌀과 맞바꾼 복숭아 보따리를 머리에 이고 친구들과 고갯길을 넘을 때, 등줄기에 땀이 흥건해도 집을 향한 발걸음은 가볍기만 했다. 된장을 풀어 삶은 다슬기를 탱자 가시로 빼 먹고, 달콤한 복숭아를 할머니와 마주 앉아 먹던 그 밤이 내게는 무엇과도 바꿀 수 없는 소중한 추억이다.

엄마의 빈자리를 채워 주시던 할머니가 일찍 자연으로 돌아가신 후, 할머니와 함께했던 추억은 인생이란 험한 고개를 넘을 때마다 내게 위안과 격려가 되었으며 조용히 힘을 주기도 했다.

꽃동네 천사들과 오늘도 추억 하나를 만들었다. 우리는 같은 눈높이로 끊임없이 변하는 자연을 관찰했고, 바람에 일렁이는 들꽃들의 노래도 들었다. 개미들에게 길을 양보했고, 단풍나무를 움켜쥔 매미의 우화를 신비함으로 바라보았다.

올해 이곳을 다녀간 어린이들이 1,400명이 넘는다. 이 아이들이 소년이 되고 장년의 어느 길목에서 힘겨운 벽을 만난다면 하늘 한번 쳐다보고 울창했던 숲을 기억하면 좋겠다. 우리의 가슴 속에는 늘 동화 같은 꿈 하나쯤 새겨놓지 않았던가. 숲에서 만났던 작은 풀꽃들, 매미가 목청껏 울기까지 지나온 시간, 마음이 동그란 숲 교실 할머니도 한 번쯤 추억해 주면 좋겠다. 숲은 오늘도 꿈과 품을 넓히고 찾아올 이들을 기다리고 있다.

(잉홀 2021.)

잔인한 사월

사월이 활짝 열렸다. 거리는 온통 꽃대궐이다. 만개한 꽃들은 제각각의 매력을 한껏 뿜어내고, 버드나무 가지 끝에 연초록 꽃술이 안개처럼 피어오른다. 가까이 다가서자 윙 하는 소리가 조용하던 주변을 깨운다. 올려다보니 벌들이 한창 꿀을 따는 중이다.

나무는 꽃샘추위와 가뭄을 묵묵히 이겨내고 싹틔우고 꽃을 피웠다. 식물 중에는 자웅동주가 있어 바람을 이용해 스스로 수정하기도 하고, 버드나무처럼 벌들의 도움을 받기도 한다. 세상에 벌이 사라진다면 인류는 4년 안에 멸망한다는 아인슈타인의 보고가 있다. 벌의 역할이 그만큼 크다는 것을 알 것 같다.

벌은 곤충 가운데 가장 거대한 무리로 세계에 약 10만 종이 있고 우리나라에 2천여 종이 있는 것으로 알려져 있다. 종류도 매우 다양하여 몸길이가 1mm도 안 되는 것부터 7cm가 넘는 것도 있다. 벌의 입은 꽃가루를 수집하고 운반하기에 알맞은 구조로 되어있다. 지구상의 수많은 꽃과 식물들의 수정이 벌에 의해 이루어지고 있다고 해도 과언이 아니다.

나는 얼마 전부터 백야자연휴양림에서 근무를 시작했다. 이곳은 어린이들의 생태 놀이 학습장이기도 하다. 음성군 관내 어린이집과 유치원 그리고 초중등 학생들이 매년 2천여 명 다녀간다. 숲을 찾는 꿈나무들에게 놀이를 통해 숲의 소중함을 알려주는 역할을 맡고 있다.

예년 같으면 숲 체험을 온 어린이들의 웃음소리가 골짜기마다 울려 퍼지고, 전국에서 휴양림을 찾는 투숙객들로 붐볐을 것이다. 많은 이들이 밤 깊도록 환한 불을 밝혀 서로 마음을 나누고, 별빛 내리는 밤하늘을 보면서 위로와 휴식을 취하고 힘을 얻는다. 대자연의 품에 안겼다가 집으로 향하는 발걸음은 또 얼마나 가벼울까! 한데 지금 이곳은 너무나 조용하다. 코로나19 바이러스의 확산을 차단하기 위해 휴양림 출입을 통제하고 있기 때문이다.

코로나19 바이러스의 확산도 이제 조금씩 주춤해지고 있다. 예방과 치료라는 철저한 방어막으로 전 국민이 85일째 하나 된 결과다. 그러나 방심은 금물이다. 조금 더 사회적 거리 두기와 개인위생으로 무장하는 것이 바이러스의 전염을 막는 지름길이다.

파란 하늘 화창한 봄날이다. 하루빨리 평범한 일상으로 돌아가고 싶다. 마스크를 벗고 맑은 공기를 마음껏 마시며 휴양림 구석구석 사람들의 웃음소리가 들리고, 숲을 찾아온 어린이들과 함께 솔솔 부는 봄바람을 맞고 싶다.

앙다물었던 꽃잎이 봉긋해지는가 싶더니 오늘은 꽃송이가 활짝 열렸다. 언덕으로 오르는 길도 덩달아 환하다. 생태계의 연결고리는 우리가 책임지겠다는 듯 오늘도 벌은 꿀 모으기에 바쁘다.

대자연의 리듬 앞에 생명의 등불이 켜지는 사월, 작디작은 바이러스 앞에서 인간이 얼마나 무기력한 존재인지를 깨닫는 잔인한 사월이다.

(음성신문 2020. 4.)

곤충의 모정

숲길을 걷는데 풀벌레 소리가 크게 들린다. 상큼한 바람이 볼을 스칠 때 도토리를 매단 나뭇가지 하나가 내 앞으로 사뿐히 떨어진다. 자식 사랑이 끔찍한 도토리거위벌레라는 곤충이 떨어트린 가지다. 땅속에서 월동하는 애벌레를 위해 어미벌레가 미리 땅에 떨어트려 놓는 것이다.

몸 전체 길이가 1cm 정도의 작은 이 곤충은 주둥이가 길게 삐죽이 나와 있다. 이 주둥이는 새끼가 안전하게 살아갈 집을 지을 때 사용하는 건축 도구다. 가장 살찐 풋도토리를 골라 긴 주둥이로 깍지를 파고 또 파 구멍을 뚫는다. 그 구멍에 긴 관을 삽입해 산란한 뒤 구멍 뚫을 때 나온 부스러기로 단단히 구멍을 막는다. 알이 부화할 때까지 천적들로부터 보호하기 위해서다.

여기서 끝이 아니다. 어미 도토리거위벌레는 삐죽이 나온 그 작은 주둥이로 서너 시간을 쉬지 않고 톱질한다. 산란해 놓은 가지는 어미의 길고 긴 노동 끝에 정교하게 잘려 땅으로 떨어진다. 널찍한 이파리 덕분에 도토리 속 알은 충격을 받지 않고 사뿐히 땅에 떨어지고, 5일쯤 지나면 알에서 깨어난다. 애벌레가 된 곤충은 도토리 속 과육을 다 먹어 치우면 깍지를 뚫고 나온 뒤 땅속으로 들어가 월동한다.

알에서 깨어난 애벌레가 무탈하게 자랄 수 있도록 철저히 준비하는 그 작은 곤충의 지극한 사랑에 절로 고개가 숙어진다. 종족 보존을 위한 일이 끝나면 도토리거위벌레는 생을 마친다.

자식을 키우느라 모두가 이렇듯 노력하는데 다른 둥지에 숨어들어 알을 놓아놓고 날아가 버리는 새가 있다. 두견이, 뻐꾸기가 탁란하는 과정을 TV로 지켜보다가 마음이 편치 않아 채널을 돌렸다.

그런데 탁란하는 새만도 못한 사람도 있었다. 얼마 전, 비정한 어머니의 이야기가 세간의 이목을 끌었다. 어린 3남매를 두고 재혼해 54년간 연락을 끊고 산 80대 친모가 아들의 사망 보험금에 대한 상속권을 인정받았기 때문이다. 두 살 된 아기를 버리고 나가 한 번도 찾아오지 않던 어머니가 아들이 사망하자 나타났다. 이유는 단 하나 아들의 사망 보험금을 찾기 위해서였다. 이 비정한 어머니는 법정 다툼 끝에 1심에서 승소했다니 남의 둥지에 새끼를 낳고 가버리는 새보다 못한 사람이 아닌가. 아니다. 1cm의 작은 몸으로도 새끼의 안전을 위해 온갖 장치를 하는 벌레만도 못한 사람이 아닐까. 생각만으로도 따뜻함이 배어 나오는 이름이 엄마가 아니던가.

　길가의 풀씨가 영글고, 열매는 하루가 다르게 속을 채워가는 계절 가을 문턱. 한낱 미물에 불과한 도토리거위벌레의 모정에 숙연해지는 숲길 산책이다.

(충청타임즈 2023. 9.)

휴양림의 사람들

시월 산속은 계절이 바쁘게 흐른다. 볕이 잘 드는 곳 대왕참나무는 유난히 곱게 물들었다. 볕이 적은 느티나무는 벌써 나목이 되었다. 낙엽은 바람길을 따라 수북이 쌓여 가을 운치를 더한다. 그곳을 지날 때 낙엽 구르는 소리, 낙엽 밟는 소리가 바스락거린다.

단풍길 팻말이 놓인 골짜기로 들어섰다. 온산을 붉게 물들인 단풍이 장관이다. 나뭇잎은 저마다 본연의 색을 뿜어내며 마지막 생을 불사르고 있다. 바삐 떠나는 가을을 놓칠세라 손을 잡고 이곳을 찾아온 가족, 연인, 친구들이 오솔길로 접어든다. 그들의 모습도 단풍처럼 곱다.

이곳 백야자연휴양림에는 찾는 이들의 휴식처를 만들기 위해 수고를 아끼지 않는 사람들이 있다. 구석구석 쓸고 닦으며 구슬땀을 흘린다.

올해 장마는 유난히 길었고 태풍은 강력했다. 그 때문에 길은 파이고, 축대는 무너졌으며, 잘 자란 나무들이 처참하게 부러져 휴양림은 온통 만신창이가 되었다. 다시 돌을 쌓고 흙을 메우는 힘겨운 작업이 연일 계속되었다. 쓰러진 나무를 정리하고 사람과 동물의 경계를 위해 길섶의 풀을 제거한다. 뱀의 출몰을 막는 방법이기도 하다. 이곳을 찾는 사람들이 쾌적한 환경을 즐길 수 있는 것은 이분들의 수고가 있었기에 가능한 것이다.

사회적 거리 두기가 1단계로 완화되자 답답한 시간을 보내던 사람들이 기다렸다는 듯 휴양림을 찾아왔다. 숙소는 다 차고 아이들의 웃음소리가 새들의 지저귐처럼 울려 퍼진다. 방을 두고 평상에 텐트를 친 가족들도 여럿이다. 관내 어린이집에서 하루 두 팀씩 숲 체험을 오고 있다. 그로 인해 내 발걸음도 바쁘다. 하루가 다르게 바뀌는 숲의 모습에 아이들의 눈빛이 반짝인다.

이곳에는 단풍처럼 고운 분들이 있다. 성격이 활발하고 음식 솜씨 좋은 언니는 도깨비방망이 두드리듯 뚝딱 점심을 해놓는다. 마음도 백합나무 잎사귀처럼 부드럽고 넉넉하다. 한솥밥 먹는 식구 15명이 따끈한 밥 한 그릇에 지쳤던 몸이 힘을 되찾는다.

커피 맛이 일품인 최고의 바리스타도 있다. 구불구불 오 리 길을 자전거로 출근하는 이분은 언제나 40분 일찍 도착한다. 백 야리 초입의 오르막길이 힘들 것도 같은데, 늘 남들보다 일찍 출근해 서둘러 물을 올리고 커피콩을 간다. 드리퍼에 필터를 깔고 원두 가루를 담는다. 물이 한쪽으로 쏠려 물길이 생기지 않게 천천히 커피를 내린다.

정성 가득한 핸드드립 커피를 숲속에서 즐기는 것은 누구나 누릴 수 있는 행운이 아니다. 계곡의 물소리, 바람에 실려 온 숲 향기는 덤이다. 화기애애한 분위기도 있지만, 가끔은 사소한 오해도 존재하는 곳. 이때에도 아저씨의 커피는 자연스러운 대화가 이루어지는데 필수 매개체가 되고, 모두를 화해의 장으로 이끌어 준다. 그윽한 향기의 커피를 음미하는 사이 단단하게 얽혔던 매듭도 헐거워지는 것이다. 커피 향 가득한 숲속 카페에서 즐기는 특별한 커피는 하루의 문을 행복하게 열어준다.

언제나 힘든 이들의 이야기를 들어주고 어깨를 다독여 주는 분도 있다. 조용한 성품의 맏언니는 72세의 현역이다. 수목원 산책길을 오르다가 조금만 관심을 가지고 살펴보면 땀을 흘리며 잡풀을 제거하고 있는 그분을 만날 수 있다.

나는 아이들을 대상으로 교육프로그램을 운영하고 있다. 관내 유치원과 어린이집, 초등학교 저학년 학생들에게 숲에서 일어나는 많은 일들을 알려준다. 나무와 곤충이 어떻게 서로 도우며 살아가는지 알아보고, 사계절 변화하는 자연물을 이용해 놀이도 하며 숲의 소중함에 대해 생각하는 시간을 갖는다.

수많은 종류의 나무들과 꽃들이 어우러져 드넓은 휴양림을 이루는 것처럼, 이곳을 관리하는 구성원들도 나이, 성별, 개성이 모두 제각각이다. 쉼 없이 변화하는 자연을 더 자연스럽고 아름답게 가꾸는 사람들, 삶에 지친 이들이 찾아와 휴식을 취할 수 있도록 준비하느라 분주한 휴양림 사람들이다.

(음성신문 2020. 11.)

마지막 수업

11월의 나무 아래는 붉고 노란 나뭇잎이 수북하게 쌓였다. 화려한 융단을 깔아놓은 듯 나무 아래가 환하다. 단풍잎은 떨어진 순서에 따라 색이 오묘하게 다른 빛깔이다. 아직도 나무에 달린 잎사귀는 햇살을 오래 받아 그 빛이 더욱 곱고 짙다.

아름다운 봉학골 자연휴양림 숲 교실에 유치원 아이들이 찾아왔다. 고운 숲길로 들어서자, 아이들의 웃음소리가 고요하던 골짜기 구석구석 햇살처럼 퍼진다.

오늘 수업은 일곱 빛깔 무지개색을 자연에서 찾아보는 미션이다. 내가 일곱 개의 틀을 땅에 내려놓자, 아이들은 나무 아래로 달려간다. 아이들의 바쁜 걸음으로 육각형 틀 안에는 색깔도 모양도 다른 잎들로 채워지기 시작했다. 빨·주·노·초·파·남·보. 그런데 파란색과 남색의 액자는 비어 있다. 내가 물었다.

"얘들아, 파란색을 어디서 찾지?"

고개를 갸웃거리던 한 녀석이 하늘을 가리키며 소리친다.

"선생님, 하늘이 파래요."

우리는 하늘을 향해 틀을 들고 남색과 파란색을 액자 속에 담았다.

"그런데 초록색 틀이 비었네. 어떡하지?"

골똘하게 생각에 잠긴 녀석들. 한 녀석이 소나무를 향해 손짓하며 소리쳤다.

"선생님, 소나무가 초록색이잖아요!"

소나무에 틀을 갖다 대자 일곱 빛깔 무지개색이 완성되었다. 동심으로 완성한 일곱 빛깔은 무지개처럼 피어나는 아이들의 호기심이 만들어 낸 귀한 작품이다.

숲으로 한참 더 들어가자 추워진 날씨에 아이들이 옷을 여민다. 겨울 초입의 찬바람에 우수수 잎이 떨어진다. 가지만 남은 나무를 바라보며 한 아이가 말한다.

"나무가 춥겠다."

아이의 표정이 심각하다. 나도 심각한 표정으로 말했다.

"겨울에는 더 추울 텐데 어떻게 하면 좋을까?"

"안아줘야 해요."

"옷을 입혀 줘야 해요."

재잘재잘, 천진난만한 의견이 쏟아진다. 가장 합당한 의견을 골라 나무에 옷을 만들어 주기로 했다. 잎사귀가 큼직한 백합, 목련 나뭇잎, 솔잎과 단풍잎, 다양한 옷감이 준비되었다. 아이들은 둘러앉아 끈에 연결된 나무 바늘로 잎을 한 장씩 꿰기 시작했다. 다 만든 나뭇잎 옷을 아름드리 나무둥치에 묶었다. 알록달록 단풍 옷을 입은 나무가 근사하다.

"예쁜 옷을 입었으니, 이제는 겨울 추위가 와도 끄떡없겠다."

내가 말하자 아이들의 표정도 안심이 되는 듯하다. 그동안 푸른 나무 그늘에서 가졌던 다양한 놀이를 생각하며 한 명씩 다가가 두 팔로 나무를 안아 준다.

"그동안 고마웠어."

" 사랑해."

나무와의 이별식이다.

나도 이제 이 아이들과의 이별을 앞두고 있다. 녀석들과는 잎이 돋지 않은 초봄에 처음 만났다. 이곳에서 아이들은 꼬물꼬물 올챙이가 깨어나 폴짝폴짝 개구리가 되는 과정을 지켜보았고, 여름 숲이 떠나갈 듯 울던 매미를 찾아 나서기도 했다. 매미가 벗어놓은 허물 옷이 어찌나 많던지 종류별로 탐색하기도 했다. 봉학골 숲속에 유난히 많은 잣나무에 잣송이가 통통하게 여물기 시작하면 청설모와 다람쥐가 양 볼이 미어지게 먹이를 물고 가는 것도 자주 보았다. 겨울 양식을 준비하는 그들을 응원하기도 했다.

숲은 추위가 일찍 찾아오므로 11월이면 대부분 수업을 마친다. 숲에서 놀이를 통해 배려와 믿음을 키웠고, 작은 생명들을 소중하게 여기는 시간으로 채웠다. 나는 손주를 대하는 할머니가 되어 아이들을 맞이했고, 하루가 다르게 변화하는 자연을 바라보며 우리는 많은 질문을 주고받았다. 마지막 수업이 끝나고 아이들을 배웅하며 교보문고 현판의 글을 생각한다.

'사람이 온다는 것은 어마어마한 일이다. 한 사람의 인생이 오기 때문이다.'

이 얼마나 사람이 소중한가! 산에 나무가 자라듯 아이들의 몸도 마음도 건강하게 쑥쑥 자라기를 바란다.

(충청타임즈 2022. 11.)

나비의 행방

나비가 한 마리도 보이지 않는다. 사흘 전에만 해도 수십 마리가 풀숲을 날고 있었다. 암수가 쌍을 이루기도 하고 각각 날기도하는 좀체 보기 드문 광경이었다. 신비롭고 놀라워 가만히 서서핸드폰을 꺼내 카메라에 담기도 했다.

나비를 찾아 이곳저곳을 살피다가 지난 여름방학 때 손주들과이곳에 온 생각이 났다. 손주들을 데리고 저수지 둘레 길을 한바퀴 돌고 숲으로 올라갔다. 숲길을 오르던 녀석들이 문득 걸음을 멈추었다. 개미행렬을 만난 것이다. 쭈그리고 앉아 개미가 들어가는 돌덩이를 들추던 녀석들이 탄성을 질렀다. 돌덩이 아래로 개미알과 개미 떼가 하얗게 드러났다. 아비규환 속 개미들이순식간에 알을 물고 굴속으로 모두 사라졌다.

다시 길을 가다가 이번에는 덤불 위를 나는 제비나비의 아름다움에 멈춰 섰다. 나비의 검은 날개 안쪽으로 금색 비늘이 신비하게 빛나고 있었다. 나는 손주들을 데리고 산초나무 앞에 섰다.

"제비나비는 향이 강한 산초나무에 알을 낳는단다."

"왜요?"

"산초잎이 애벌레 먹이거든. 산초 잎을 먹고 자란 애벌레는 저렇게 멋진 나비로 탈바꿈하는 거란다."

나의 말에 손주들의 눈이 반짝였다.

이곳은 얼마 전까지만 해도 이렇게 자연을 넉넉히 느낄 수 있었다. 저수지 넓은 둑길 옆으로 무성한 칡넝쿨이 숲을 이루고, 칡넝쿨 사이로 쥐방울덩굴도 자라고 있었다. 꼬리명주나비는 쥐방울덩굴에 알을 낳고, 애벌레는 그 덩굴의 잎을 먹고 자란다.

꼬리명주나비의 행방이 궁금해 사방을 살펴보았다. 둑 아래 농경지와 과수원에서는 농약이 살포되었고, 둑 위로 달리는 자동차가 매연을 내뿜고 있었다. 그리고 사람들의 통행에 방해가 된다는 이유로 넝쿨들이 예초기 칼날에 잘려 나갔다.

이 상황은 얼마 전에 읽은 레이첼 카슨의『침묵의 봄』을 떠올리게 한다. 카슨은 봄이 왔는데도 새가 울지 않는 봄을 이야기하며 환경을 파괴한 원인으로 살충제 남용을 지적했다. 이 책에서 저자는 생태계가 얼마나 큰 위험에 노출되었는지, 살충제가 얼마나 위험한지, 아무리 미량이라도 몸 안에서는 더 해로운 물질로 바뀌며 태아에게까지 전달될 수 있다는 심각성을 경고하고 있었다.

『침묵의 봄』이후 60년이 흐른 현재 지구는 레이첼 카슨의 예언대로 심각한 위기에 처해 있다. 레이첼 카슨은 살충제 남용을 걱정했지만, 지금의 지구 환경은 살충제 남용보다 더 큰 위험에 노출되어 있다. 농약 남용으로 인해 생물다양성이 낮아진 생태계는 엎친 데 덮친 격으로 지구온난화로 재앙 수준의 어려움을 겪고 있다.

올해 호주는 뜨거워진 지열로 자연 발화된 산불이 100여 곳에서 동시다발적으로 일어났다. 위성에 포착될 정도로 큰 산불이라니 그 피해가 얼마나 큰지 미루어 짐작이 간다. 내 주변도 예외가 아니다. 6월에 내린 탁구공만 한 우박이 농작물을 초토화하더니, 폭우를 동반한 장맛비가 거의 두 달이나 내려 충북에 재앙을 몰고 왔다. 봉사활동으로 수해 현장으로 달려간 나는 방바닥에 쌓인 진흙더미를 걷어내며 환경의 경고에 두려움을 느꼈다. 우리의 편리를 위해 자행된 자연훼손이 부메랑이 되어 돌아오고 있다.

그렇다면 앞으로 60년 후 기후는 어떨까. 하루하루 눈앞의 일에 급급하며 살다가도 내 손주들이 살아갈 미래를 생각하면 나는 마음이 바빠진다. 쓰레기 분리수거 정도 겨우 하는 나로서는 지금 보다 한 발 나아간 좋은 시스템이 나오기를 기다린다.

팔랑거리며 날던 꼬리명주나비와 손주들이 마음 놓고 살아갈 수 있는 미래를 위해 나는 무엇부터 해야 할까! 덩굴이 잘리고 나비가 사라진 숲길에서 생각이 많아지는 산책길이다.

(충청타임즈 2023. 10.)

선재길에서

꽃샘추위가 한창이던 날, 친구들과 오대산을 갔다. 월정사에 도착하고 보니 한겨울 은빛 세상이다. 차를 몰아 상원사를 향했다. 제설차가 밀어놓은 길가의 눈이 가슴 높이만큼 쌓였다. 우리는 상원사 탐방 분기점에 주차하고 월정사를 향해 선재길로 들어섰다.

눈 덮인 오대산의 삼월, 오대천에는 큰물이 졌다. 물은 흘러갈수록 골짜기 물이 유입해 더 큰물이 되어 흐른다. 두 물이 처음 만났을 때는 우렁찬 소용돌이를 친다. 한바탕 소용돌이를 치던 물은 어느새 하나가 되어 유유히 흐른다. 그 어떤 모양의 그릇도 거부하지 않는 물도 둘이 만나 하나가 되려니 몸살을 앓는 것이다. 하물며 사람의 만남이야 오죽하랴.

우리도 그랬다. 결혼하기까지 각자의 개성대로 자유롭게 살아왔다. 서로에게 힘이 되어 주는 사이는 분명했지만, 결혼 생활은 이전의 나와는 다른 나로 살아야 했다. 아내로, 종갓집 맏며느리로, 그리고 엄마로…. 결혼 전에는 외로움이 힘들었다면, 결혼 후에는 막중한 책임이 따르는 일인다역의 자리가 나를 힘들게 했다.

그러면 나는 남편에게 애먼 소리를 하고, 내 말에 마음 상한 남편은 밖으로 휑 나가버렸다. 기대치 높은 새댁 시절의 나는 더 싫은 소리를 하고, 마침내는 한바탕의 소용돌이가 지나간 뒤에야 서로의 모난 부분이 깎이고 동그스름한 관계가 될 수 있었다.

얼마나 더 걸었을까. 저만치 섶다리가 보인다. 통나무 지주를 세워 그 위에 섶나무 이엉을 깔고 흙을 덮어 만든 다리다. 가슴이 두근거렸다. 이태 전 여름에 몸이 아픈 남편과 이곳에 왔었기 때문이다. 우리는 다리 위를 오가며 서로 사진을 찍어주고 동영상을 남기기도 했다. 여름 햇살을 피해 다리를 건너 숲이 우거진 물가로 내려갔다. 편편한 바윗돌에 앉아 희망에 찬 이야기만을 나눴다. 남편이 떠난 지 일 년, 둘이 앉았던 바위를 바라보니 가슴이 스산하다.

눈 덮인 계곡 겨울잠에서 깨어나 한 해의 삶을 준비하는 나무들을 보면서 내가 걸어온 지난날을 돌아본다. 67년 세월에 어찌 폭신한 눈밭처럼 평화로운 날만 있었겠는가. 이런저런 어려운 일이 있었지만, 혼자가 아니라 남편과 함께여서 잘 걸어왔다. 우리는 티격태격 시끄러울 때도 있었지만 마침내 하나의 물로 유유히 흐르는 강물처럼, 한 마음으로 모든 어려움을 이겨내고는 했었다.

　남편을 떠나보내고 홀로 남은 이 시간, 이제 나는 혼자이지만 이전처럼 씩씩하게 걸어가야 한다. 계곡물도 쉬지 않고 흐르고 흘러 강에 이르고, 마침내는 바다에 이르지 않던가. 혼자라고 움츠러들지 않고 나의 길을 묵묵히 걸어갈 것이다. 그 길에는 두려움이 있는가 하면 불현듯 그리움도 나타날 것이다. 그리고 복병처럼 찾아올 많은 일이 있겠지만, 더러는 오월의 꽃도, 나무와 새도 만나면서 바다를 향해 흐를 것이다.

(충청타임즈 2024. 3.)

봄이 오는 소리

봄처럼 환한 얼굴로 아이들이 왔다. 날개깃이 고운 산까치 한 쌍이 나무 위에서 인사를 건네자, 아이들은 골짜기가 떠나갈 듯한 환호성으로 화답한다. 숲속의 새싹이 호기심으로 고개를 내밀고 아이들도 같은 마음으로 들여다본다. 둘은 많이도 닮았다.

오늘은 나무 막대로 만든 액자 틀을 들고 로제트식물을 찾아보기로 했다. 겨울 볕을 골고루 받기 위해 잎이 겹치지 않은 로제트식물은 장미를 닮았다고 해서 붙여진 이름이다. 작년 가을에 싹을 틔워 추운 겨울을 이겨내느라 땅과 비슷한 색의 로제트는 눈여겨보아야 찾을 수 있다. 그러나 아무리 숨어도 두 눈 반짝이는 아이들 눈을 피해 갈 수는 없다. 땅에 납작하게 붙은 식물은 물론, 양지에서 꽃대를 밀어 올려 피운 꽃 위에 액자를 놓고 '찾았다'를 외친다. 키 큰 식물들이 자라기 전에 씨앗을 널리 퍼트리기 위해 서둘러 꽃을 피운 이유를 말해준다. 모든 동식물은 유전자가 우수한 종족 번식을 위한 나름의 생존전략을 가지고 있다.

음지에 잔설이 남아 있던 삼월 초순이었다.

"크르릉, 크르릉."

볕이 내리쬐는 오후의 골짜기를 흔드는 묘한 소리가 들렸다. 고개를 갸웃거리며 주변을 살폈다. 새소리 같기도 하여 나무 위를 올려 봐도 가지를 흔들며 바람이 지나갈 뿐이었다. 소리의 진원지를 찾아 나섰다.

그때 계곡 아래에서 어떤 움직임이 보였다. 뒤이어 둑 아래 고인 물속으로 무언가가 첨벙 하고 뛰어들었다. 웅덩이 속, 돌멩이 사이, 모래톱 주변으로 검은색을 띤 산개구리가 수없이 많았다. 드럼 소리와도 같이 울리던 그 소리의 정체는 뜻밖에도 산개구리 울음소리였다. 경칩을 전후해 겨울잠에서 깨어난 부지런한 개구리가 애타게 짝을 찾는 세레나데였다. 저녁 무렵이 되자 짝을 찾은 암놈은 수놈을 등에 태워 사무실 앞을 어기적어기적 걸어 숲으로 들어가는 광경도 목격했다.

그 많던 산개구리는 다 어디에 알을 낳았을까! 아이들에게 보여줄 개구리알을 찾아 나섰다. 전 같으면 물웅덩이나 고인 물이 있으면 개구리알이나 도롱뇽알을 쉽게 만날 수 있었다. 그런데 올해는 찾기가 힘들었다. 사람들이 즐길 공원을 만들기 위해 계곡 주변으로 공사가 한창이었다. 공사 때문에 물웅덩이나 습지가 사라져 버려 산란할 곳을 찾아 이동한 모양이었다. 파헤쳐진 길을 따라 한참을 올라갔다. 산 밑 오밀조밀 어깨를 마주한 다랑

논이 있었다. 논바닥 고인 물에 개구리알과 올챙이가 꼬물거렸다. 고였던 물이 말라버리는 바람에 깨어나지 못한 알도 많았다. 아이들에게 보여줄 알과 올챙이를 조금씩 건져서 학습장 옆 작은 웅덩이에 가져다 놓았다.

제법 자란 올챙이들이 힘찬 꼬리 짓으로 웅덩이 속 물살을 가르며 아이들의 방문을 맞이한다. 그 모습을 보는 순간 지르는 아이들의 환호성이 숲에 울려 퍼진다. 펄쩍펄쩍 뛰는 아이, 꼬리를 흔들며 올챙이의 흉내를 내는 아이, 신기한 듯 가만히 들여다보는 아이도 있다. 올챙이를 관찰한 후 우리는 큰 소리로 '개구리 한 마리'를 열창하며 길을 내려온다.

내려오다 보니까 길가에 바람이 모아놓았는지 작년 가을에 떨어진 단풍나무 씨앗이 구석에 몰려있다. 두 손으로 쓸어모은 씨앗을 아이들 손에 손에 쥐여주고 바람에 흩날리기를 한다. 얇은 날개에 매달린 단풍 씨앗이 빙그르르 돌며 그림처럼 아름다운 모양으로 떨어지는 풍경에 아이들은 또 한 번 환호성을 지른다. 저 씨앗 중 조건이 좋은 땅에 떨어진 녀석은 내년 봄이면 싹을 틔우고, 그렇게 숲의 일부가 되어갈 것이다.

봄을 닮은 아이들은 이렇게 숲의 무수한 생명을 관찰하며 자연의 소중함을 느끼고 보호해야 한다는 것을 조금씩 알아간다. 개발을 안 할 수는 없겠지만, 사람과 자연이 공존하며 살아가는 환경을 만들어 가야 한다. 모든 생명은 보이지 않는 연결고리로 자연스레 이어져 살아가고 있기 때문이다.

　동식물들도 각자의 방법으로 종족 번식을 이어가고 있지 않은가. 우리가 함께 바람에 날려 보낸 단풍나무의 작은 씨앗들도 빠르게, 또는 더디게 싹을 틔울 것이다. 계곡에 울려 퍼지는 아이들의 웃음소리를 타고 봄이 오는 소리가 들린다.

(충청타임즈 2022. 4.)

졸업 여행

갈대가 흔들린다. 등줄기에 반짝이는 볕을 업고 바람과 한 몸 되어 일렁인다. 갑자기 몰아친 바람에 땅에 닿을 듯 누웠다 일어선다. 거센 바람에 몸을 낮추는 삶의 지혜를 내게 몸짓으로 알려주고 있다.

제주도로 졸업 여행을 왔다. 퇴직자들에게 부여되는 여행 제주도에 가기 위해 청주공항에 집결했는데 처음 만난 사람이 대부분이었다. 열한 명의 직장 동료들은 이번 여행을 자칭 졸업 여행이라 했다. 우리만의 여유를 위해 여행사를 통하지 않고 한적한 오지를 찾아 떠나는 프로그램을 택했다. 퇴직을 목전에 둔 우리는 같은 나이라는 이유로 어려운 상하 직급을 모두 내려놓았다. 그중 내가 가장 낮은 직급이었다.

여행 마지막 날, 잠은 쉬 오지 않고 직장에 처음 출근하던 때가 생각났다. 만학으로 대학을 갓 졸업했을 때 통계청에서 임시직 조사원을 뽑는다는 인터넷 공고문을 접했다. 원서를 낸 후 서류

합격했을 때 뛸 듯이 기뻤다. 면접을 본 뒤 합격을 기원하며 가슴 졸이던 일이 어제 일 같다. 시간은 빠르게 흘러 16년을 몸담았던 직장을 떠날 날이 채 두 달도 남지 않았다. 마흔 중반에 시작한 직장생활은 배워야 할 것도, 인내할 것도 많았다. 보람도 느꼈지만, 몇 년 전 있었던 안타까운 그 일은 지금도 가슴에 남았다.

담당 지역 인근에 구제역이 발생했다는 소식을 아침 뉴스로 접했다. 서둘러 마을을 찾았더니 입구에는 바리케이드가 쳐지고 출입이 통제되었다. 일주일에 한 번씩 방문하던 농가와는 전화 연락만 가능했다.

한 달간의 초조한 시간이 흐르고 우려하던 일이 벌어졌다. 구제역 발생 반경 안에 있던 표본 농가는 전 재산인 한우를 하루아침에 매몰 처리할 수밖에 없었다. 통제가 풀리고 다시 찾은 농가에는 노모와 장애인 딸을 둔 아저씨의 한숨 소리뿐이었다. 한번 표본이 정해지면 오 년 동안 가족처럼 지내며 그 집의 경제를 조사한다. 어려운 가정형편을 알기에 더욱 안타까웠던 일이 지금도 잊히질 않는다. 그뿐만 아니라 농가에 도움을 주기 위해 농산물을 팔아주던 일, 자녀들의 취업에 함께 기뻐했던 일들이 주마등처럼 지나갔다.

돌아보니 직장에서의 조직 생활은 내게 넓은 시야로 사회를 바라보는 안목을 키워주었다. 그것은 가족들과의 대화에서 공감대를 형성하는 데에 도움이 되었으며 우리는 더 자주 소통하게 되었다. 가정주부였던 나를 당당한 사회인으로 만들어 준 직장이었다.

졸업은 또 다른 시작이다. 남편의 건강이 좋아질 때까지 우리는 맞잡은 손에 더욱 힘을 주며 이겨나갈 것이다. 소소한 일상이 소중하게 다가오는 아침, 제주의 푸른 바다가 내게 많은 이야기를 하고 있다.

(음성신문 2018. 11.)

5

생각의 우물

생각의 우물

눈길 닿는 곳마다 꽃이 곱습니다. 아침에 그리 쏟아지던 비가 그치고 해가 났습니다. 주변은 금세 따뜻한 온기로 채워졌네요. 남편이 천변 길을 걷자고 제안합니다. 나는 못 이긴 척 따라나섰습니다. 투명한 햇살을 받으며 앞서거니 뒤서거니 걸었습니다.

작은 입씨름으로 사이가 벌어져 말 한마디 하지 않고 지내기를 여러 날 되었습니다. 작은 오해가 틈을 만들고 원망이 그 자리를 차지했습니다. 나는 눈에 힘을 주며 잘못도 없이 먼저 손 내밀지 않겠다고 굳게 마음먹습니다. 하얀 꽃가루 흩날리는 둑길을 걷습니다. 흰 솜털을 보송하게 단 쑥도 바람에 일렁입니다. 길가 제비꽃의 미소에 나도 모르게 웃음이 납니다.

우리는 서로 미워하고 싸울 시간이 없습니다. 오늘이 마지막 날인 것처럼 사랑하며 살아야 하는데 현실은 나를 자꾸 시험에 들게 합니다.

전문의로부터 진단명을 듣고 눈앞이 캄캄한 날이 있었습니다.

형 집행 선고를 받은 심정이었습니다. 몸 관리에 무심했던 그동안의 세월이 후회스럽고 절망의 날이 이어졌습니다. 때때로 분노가 가슴을 휘저었습니다.

가만히 있을 수 없어 살길을 찾아 나설 때가 5년 전입니다. 그날부터 하루하루는 더디기만 했고, 새벽녘이면 가슴이 베인 듯 밀려오는 서늘함에 눈이 떠졌습니다. 안간힘을 쓰는 그에게 측은지심이 생겼습니다. 우리는 혼자 몰래 우는 시간이 있었지만, 서로에게 눈물을 보이지 않으려고 애썼습니다.

요즘 독서 모임에서『어린왕자』를 읽고 있습니다. 어린왕자가 살던 작은 별에는 까다로운 장미꽃 한 송이와 불을 뿜는 화산 두 개, 사화산 한 개가 있습니다. 왕자는 매일 물을 주며 꽃을 돌보았습니다. 말썽꾸러기 화산은 정성스레 청소했습니다. 청소가 잘 되어있으면 부드럽고 규칙적으로 연기를 뿜지만, 그렇지 않으면 마그마가 분출하여 많은 괴로움을 가져다주기 때문입니다.

여러 별을 돌아 지구에 온 왕자는 정원에 핀 수천 송이 장미꽃을 보고 울었습니다. 우주에 단 하나뿐이라 생각했던 자신의 꽃이 평범하다고 느껴졌기 때문이지요.

그때 여우가 나타나 말했습니다. "당신이 나를 길들인다면 내 생활은 기쁨으로 가득 차고, 당신의 발자국 소리는 마치 음악처럼 나를 동굴에서 나오게 할 거예요. 마음으로 보아야 잘 볼 수 있어요." 그러면서 여우는 말합니다. 별에 두고 온 당신의 장미가 소중한 것은 꽃을 위해 매일 물을 주고 유리 덮개를 씌워주며 길들였기 때문이라고, 서로를 길들인 관계에는 언제까지나 책임이 따른다는 진리를 잊어선 안 된다고.

우리 내외는 오랫동안 서로를 길들이며 살아왔습니다. 시간을 함께하며 서로를 길들인 관계에는 책임이 따른다는 그 말에 생각이 깊어집니다. 그리고 보니 화산 청소를 잘 하지 않아 내 안의 감정도 열정과 기쁨으로 자랄 수 없었나 봅니다.

급행열차의 기관사도 사람들도 왜 어디로 가는지 모르고 타고 있습니다. 왕자가 안타까이 말합니다. 무엇을 찾아가는지, 원하는 것이 뭔지 모르는 것뿐만 아니라, 관심도 두지 않고 계속 바쁘게 이동할 뿐이라고. 어린 왕자의 말은 내가 살아온 날들을 두고 하는 말인 것 같습니다. 이제 하루하루를 소중하게 쓰며 천천히 가야겠습니다. 어린 왕자를 통해 생각의 우물을 넓히고 있습니다.

한참을 걷다 보니 어느새 그 사람 곁에 나란히 걷고 있습니다. 비 그친 뒤의 하늘이 유난히 파랗습니다.

(충청타임즈 2021. 4.)

해거름의 산책길

내일이 원고 마감일인데 아직도 글을 쓰지 못하고 헤매는 중이다. 모니터에 껌뻑거리는 커서만 바라보다가 길을 나선다. 천변 길을 산책하는 사람들이 평화로워 보인다. 저 사람들 머릿속은 이 가을날처럼 청명할까. 번번이 마감일에 쫓기는 내 모습이 못마땅한 나는 저 사람들의 평화가 부럽다.

지하도를 지나 한참을 걷다 보면 읍내를 벗어난다. 확 트인 들녘에는 시골 정취가 물씬 풍긴다. 상큼한 풀냄새는 코끝을 스치고, 골짜기를 타고 내려온 바람이 제법 서늘하다.

가을이 익어가고 있다. 해가 설핏해지는 시간이면 산책하는 사람들이 서녘 하늘 노을에 이끌려 논둑 길을 가로지른다. 마치 어딘가에서 본 한 폭의 그림과도 같은 풍경이다.

들녘은 지금 초록에서 황금색으로 탈바꿈하는 중이다. 한여름 내리쬐는 뙤약볕을 묵묵히 받아들인 잎새는 그 에너지를 부지런히 벼 이삭에 보내 주었다. 하루가 다르게 몸을 불리던 벼 이삭이 조금씩 영글고 있다. 저리 익기까지 새벽이슬 헤치며 바삐 오갔을 농부의 수고가 그 얼마였던가.

농사는 하늘이 도와주지 않으면 흉년 들기 십상이다. 대책 없는 폭풍우가 할퀴고 지나가면 한 해 농사 망치는 것은 둘째 문제고, 그 뒷일이 더 크다. 올여름에는 끝없이 이어지는 가뭄에 논바닥이 쩍쩍 갈라지고, 한 방울의 물이라도 논으로 흘려보내기 위해 밤잠을 설치는 농부가 많았다. 논농사를 지으며 이웃에 사는 시동생도 예년보다 심한 가뭄에 수고가 많다. 2만 평이 넘는 논에 물 대느라 밤낮으로 애쓰고 있어서 지쳐 쓰러질까 봐 걱정했다.

두부모처럼 반듯한 들판의 논마지기마다 그 색상도 모양도 제각각이다. 허리가 휘도록 벼 이삭이 무거워진 논이 있는가 하면, 껑충하게 웃자라 푸른빛이 감도는 논도 있다. 얼마 전 태풍에 벼가 쓰러진 논배미도 두 마지기 정도나 보인다. 일으켜 세울 일손이 부족해 방치하는 것 같아 안타깝다. 피사리를 안 해 벼보다 피가 더 수북한 논도 있다. 저 논의 주인은 무슨 일로 바빠 모내기만 해놓고 저리 방치했을까. 명색이 글쟁이라고 하면서 객쩍은 일로 바쁜 내 모습을 보는 것만 같다.

수수를 논둑에 심었는데 통통하게 영근 열매를 새들에게 뺏기지 않으려고 붉은 양파 자루를 씌워놓았다. 수확하기까지 농부를 고단하게 하는 대상이 얼마나 다양한지 실감 난다. 넓은 들의 농작물은 이렇게 다랑이마다 주인의 수고가 배어 있다.

농부의 땀으로 이룬 황금빛 들녘은 농부의 것만은 아니다. 산책이나 조깅하는 사람들, 또는 자전거를 타고 이곳을 지나가는 이들도 저마다의 마음에 가을을 담아가고 있다. 농부가 몸을 살찌워 줄 농작물을 수확한다면, 이 사람들은 마음을 살찌워 줄 양식을 수확해 가는 것이다.

농민신문에서 '농부는 하늘의 언어를 땅에서 실천하고 있는 거룩한 사람이다.'라고 한 글귀를 본 기억이 있다. 농사가 단순히 씨뿌리고 거두어 먹고 살기 위한 것만이 아니라, 한 알의 곡식과 한 그릇의 밥에 녹아있는 사랑과 철학은 인간의 삶을 윤택하게 하며 생명을 유지하는 근원임을 일컫는 것이리라.

땅이 하고 농부가 하는 가을 들녘을 바라보며 내 글의 뜰을 조용히 들여다본다. 봄 내내 씨뿌리고 제때 김매고 북 주어 잘 가꿔보겠다고 스스로 다짐했건만, 화살 같은 시간은 너무도 빨리 흘러 성큼 추수할 때가 되었는데 거둘 것이 없다.

곳간에 쭉정이만 가득한 이유를 찾아본다. 충분한 독서를 통한 영양 공급을 해야겠다. 재능도 부족한데 나는 왜 계속 글을 쓸까. 글쓰기는 나 스스로와 대화할 수 있는 유일한 창구이기 때문에 멈출 수가 없다. 빈번한 이상기후에도 농사를 포기할 수 없는 농부처럼, 나와의 대화를 계속할 수밖에 없다. 그러다 보면 마음에 드는 글을 쓸 수 있지 않을까.

(충청타임즈 2021. 10.)

화음을 맞추며

추석 연휴 해거름 산책길에서 듣는 풀벌레 소리가 서정적이다. 어떤 오케스트라가 저리 아름다운 연주를 할 수 있을까. 곱게 물든 나뭇잎은 가을을 노래하고, 과일은 본연의 색깔로 몸집을 불리고 있다.

매주 월요일 저녁이면 합창을 배우러 간다. 종일 직장 일로 지칠 만도 한데 화음을 맞춰 노래하면 피로는 사라지고 입가에 미소가 번진다. 40~70대까지 다양한 연령대의 사람들이 모였다. 의욕만 앞선 초보자들은 잘해 보려고 노력하지만 쉽지 않다.

선생님은 등과 가슴을 곧게 펴고 턱을 약간 아래쪽으로 당기라고 한다. 의자 등받이에서도 떨어져 앉아야 한다고 어린아이 타이르듯 반복 설명이다. 두 시간의 연습이 끝날 무렵이면 음이 맞는 듯싶다. 선생님의 칭찬에 자신감이 붙고 신바람이 난다.

수업이 끝나고 집으로 가는 길에는 콧노래가 절로 난다. 그러나 일주일 후 화음은 다시 제자리걸음이다. 선생님의 속은 타고 우리는 목청을 돋우며 부르고 또 부른다.

　분명한 자기 목소리가 필요하다. 적당한 음으로 은근슬쩍 넘어가려고 하면 전체의 화음이 불안정해진다. 몇몇 단원이 확실한 음으로 중심을 잡아주고 있어 다행이지만, 화음을 맞춘다는 것이 그리 쉽지는 않다. 음색이 좋다고 내 목소리만 내어서도 화음을 만들 수 없다. 옆 사람 소리를 들으면서 그 소리와 잘 섞이는 소리를 찾아가는 노력이 좋은 화음을 만들어 준다.

　어언 한 해 동안 그런 노력을 쏟아부은 결과 마침내 우리는 하나의 좋은 소리를 낼 수 있었다. 제각각이던 소리가 하나의 아름다운 하모니를 이룰 때 느끼는 감동을 청중들에게도 전하고 싶었다.

　지난봄, 드디어 우리 합창단원들은 품바 축제 열림식 무대에 섰다. 그동안 갈고닦은 실력을 보여주기 위해 목소리를 가다듬었다. 떨리는 가슴을 진정시키며 가사를 잊지 않으려고 수 없이 되뇌었다. 합창이 시작되고 화음에 맞춰 내 역할에 충실했다. 노래가 끝나자, 관객들이 무대를 향해 박수를 보내 주었다.

　얼마 전 추석에는 시끌벅적한 가족들의 합창이 있었다. 모처럼 손주들이 다 모여 재롱잔치를 벌였다. 그 모습에 우리는 시간 가는 줄 몰랐다. 길지 않은 놀이시간, 손주 녀석의 심사가 틀어지고 심한 투정에 제 어미 아비가 쩔쩔맸다. 무엇이 마뜩잖은지 녀석의 거침없는 고음에 며느리는 푸근한 저음으로 고음을 감싸

안으며 듀엣의 화음을 선물했다.

손주들이 태어나고 가족의 범위가 넓어지면서 소소한 소음이 나게 마련이다. 자잘한 소음은 반복되는 동안 서로의 마음을 읽고 소통하면서 좋은 관계가 만들어진다.

아이들이 커가면서 하모니는 더 아름답게 변화하고 있다. 풀 벌레의 화음을 닮은 가족들의 노래를 추석 연휴 며칠째 감상 중이다. 그들을 바라보는 우리 부부는 눈빛으로 잔잔한 행복을 주고받는다.

(음성신문 2018. 10.)

단순함에서 오는 평화

얼마 전 바다 없는 나라 라오스를 다녀왔다. 도시를 가로지르는 메콩강 물길 따라 긴 여정이 시작되었다. 섭씨 33도의 폭염과 2월의 날씨는 건기 철로 땅은 메마르고 마른풀만 논바닥을 차지하고 있었다. 곳곳에서 풀을 뜯는 가축은 뼈가 앙상하게 도드라져 안타까움을 더했다.

마을 환경과 사람들의 생활상은 우리나라 70년대의 모습을 연상케 했다. 덜컹거리는 비포장도로로 흙먼지를 날리며 소금 마을에 도착하자 바구니에 가득한 하얀 소금이 줄지어 우리를 반겼다. 이 소금은 우리의 염전에서 나오는 소금과 생산하는 방식이 다르다.

우리의 천일염은 넓디넓은 평야와도 같은 염전에서 나온다. 평평하고 균일하게 구획한 들녘에 논두렁을 만들어 물을 가둔 들판처럼 생긴 염전이다. 밤이면 바닷물을 가둔 염전에 보름달이 뜨고 별이 뜬다. 한낮이면 작열하는 태양열에 그 물이 졸아들고 또 졸아들면 드디어 빛나는 소금 결정체가 만들어지는 것이다.

라오스의 자염煮鹽은 엄청나게 큰 사각 무쇠솥에서 나온다. 소금 마을에 들어서자 낯선 풍경이 눈에 들어왔다. 황토 부뚜막에 사각 철판 용기 20여 개가 가지런히 올려있고, 까무잡잡한 얼굴의 남자들이 소금물을 젓고 있다. 지하에서 끌어올린 염수를 가열하여 소금을 만드는 것이다. 최상품의 소금을 만들기 위해서는 불의 온도를 일정하게 유지해야 한단다. 그들은 밤잠을 설치며 아궁이를 지키는 정성을 마다하지 않는다.

소금 마을의 가마에는 장작불이 이글거리고, 남자들이 커다란 주걱으로 소금물을 젓는다. 이글거리는 열기에 제 몸을 맡긴 무쇠솥, 무쇠솥에 제 몸을 맡긴 소금물. 지하 세계의 긴 시간을 뒤로한 소금물은 온몸을 달구어 수증기를 증발시킨다. 장작불의 열기를 태연하게 받아들인 소금물은 마침내 다이아몬드와 같은 각을 지닌 자신만의 고유한 결정체로 거듭난다.

나무판자를 덧대어 만든 창고마다 정제된 소금이 가득했다. 염전 사람들의 노고가 고스란히 담긴 소금이다. 그곳 사람들의 생계를 책임질 하얗게 빛나는 소금을 혀끝으로 맛보았다. 짠맛 뒤를 이어 단맛이 느껴졌다. 라오스의 소금 자염을 나는 가족을 위해 준비했다.

음식을 썩지 않도록 보존해 주고 음식의 맛을 내는 소금은 과해서도 안 되지만 없어서는 더 안 될 귀한 존재다. 우리 부부는 40년을 함께 살면서 짜네, 싱겁네, 니가 옳으네, 내가 옳으네, 서로 탓하며 갈등의 시간을 겪기도 했다. 그러던 내가 요즘은 간을 맞추려 안간힘을 쓰고 있다. 하늘을 찌를 듯 기세등등하던 남편이 갑자기 찾아온 병마에 당황하더니 순한 양이 되었기 때문이다. 그러자 나도 측은지심이 발동해 온갖 정성을 다하게 된다.

사람의 몸 가운데 심장은 염분의 농도가 가장 높다고 한다, 짐승의 심장을 염통이라 부르는데 소금 통이라는 뜻이다. 암이 유일하게 발생하지 않는 곳이 심장이라는 말이 있다. 일정 기간 사람이 먹지 않고는 살 수 있지만, 숨 쉬는 것과 소금을 먹지 않고는 살 수 없는 것을 보면 소금은 단순한 염분이 아니라 생명이라는 생각이 든다.

우리 부부는 요즘 소박하고 단순하게 살려고 마음을 무장한다. 무시로 찾아드는 불안 앞에 무너지는 마음을 곧추세우기 위함이다. 세상의 흐름에 따라 복잡하게 짠 시간표는 젖혀두고, 우리가 만든 건강 시간표를 지키려고 온 마음을 다한다. 생각도, 생활도, 그리고 음식도….

나는 오늘도 실타래처럼 엉킨 생각을 접고 간소한 찬을 만든다. 최소한의 양념과 라오스에서 가져온 소금간이 전부다. 소금 마을 사람들은 힘든 노동에도 불구하고 선한 눈빛, 소박한 미소를 가지고 있었다. 그 더위에 불질이라는 노동을 하면서도 평화로운 표정을 잃지 않는 사람들. 그 비결은 아마도 그날 그 자리의 시간에 충실한 단순한 삶의 방식에 있지 않을까.

복잡한 일상에서 벗어나 단순한 삶을 추구해 온 지 2년 정도. 오로지 남편의 건강에 좋은 음식으로 식탁을 준비하고, 우리 내외 작은 행복도 놓치지 않고자 노력한다. 단순해진 삶의 시간표에 맞춰 이 길을 걷다 보면 우리 부부도 저들과 같은 평화로운 표정을 가질 날이 오지 않을까.

(잉홀 2020.)

소녀의 꿈

 여기는 태국 치앙마이, 고산지대에 있는 카렌족의 마을을 향
해 오른다. 마을 입구에 들어서자, 나무판자와 나뭇잎으로 지은
가게들이 줄지어 있다. 우기를 대비해서인지 땅에서 1m 정도 띄
워서 지은 구조다. 벽은 너무도 빈약해 보이는 기둥에 의지해
얼기설기 나뭇잎을 덧대었다. 마치 이엉을 이듯 켜켜이 둘렀는
데, 우기가 오면 비바람에 견딜 수 있을지 걱정스럽다. 그래도
몸을 누일 보금자리가 있으니, 다행이라고 해야 할까. 카렌족은
고국 미얀마의 내전을 피해 이곳 고산지대까지 온 사람들이기
때문이다.
 집 아래 열린 공간으로 햇살과 바람이 자연스레 드나들고 있
다. 병아리를 거느린 어미 닭은 흙을 헤집어 먹이를 찾고, 거리
를 어슬렁거리는 개의 무표정은 해탈한 고승을 연상케 한다. 어
려움 속에서도 어미 닭과 병아리, 착한 표정의 개와 어울려 살아
가는 사람들. 마치 어릴 적의 고향 마을처럼 따사로운 풍경을

보는 것 같다. 이곳의 닭들도 새벽이면 꼬꼬댁 여명을 알려주고 있을까.

다리와 목이 긴 닭이 신기해 따라간 시선에 손녀와 할머니의 다정한 모습이 들어온다. 대체로 무표정한 이곳 사람들과 달리 아이의 표정이 유난히 밝다. 머리에 화려한 두건을 쓰고 베틀에 앉아 천을 짜는 할머니의 목은 다른 사람의 두 배는 길어 보인다. 카렌족 여성들은 목이 길어야 미인으로 인정받기 때문에 다섯 살 때부터 목에 링을 끼워 자라면서 차츰 그 수를 늘려나간다고 한다. 그 어린 나이에 끼운 링을 죽을 때까지 잘 때조차 끼고 잔다니, 너무나도 잔인한 미의 기준이고 풍속이다.

한국의 가을 하늘보다 더 파란 스카프를 구입해 목에 두른 나는 할머니와 기념사진을 찍는다. 예닐곱 살쯤 되어 보이는 아이는 활짝 웃으며 손을 흔들어 준다. 그런데 아이의 손에 연필이 들려 있다. 집 한쪽 벽에는 가방이 걸려있고, 바닥에는 필통과 노트가 있는 걸 보니 학교에 다니는 것 같다. 남의 나라에 얹혀사는 상황에도 이 아이가 이리 천진난만한 것은 할머니의 사랑과 돌봄이 있기 때문이리라.

베틀 앞의 할머니를 보자니 그동안 까마득히 잊고 있었던 내 할머니가 불현듯 떠 오른다. 우리 할머니도 베틀에 앉아 삼베를 짰다. 동네 사람들과 함께 삼나무 줄기를 삶아 벗긴 껍질을 몇 번씩 치대고 두들겼다. 수십 번의 과정을 거쳐 실을 잇던 할머니,

밤이면 그 거친 손으로 내 등을 쓸어 불안과 두려움을 잠재워 주셨다. 나는 늘 몸이 약해 할머니에게는 아픈 손가락이었다. 나는 안다. 할머니의 사랑은 닳지도 않고 넘쳐흐르는 일도 없이 내 마음 깊이 차곡차곡 쌓이기만 했다는 것을. 세월이 흘러 어려움에 처했을 때도 그 사랑이 있어 굳건히 버터 낼 수 있었다는 것을….

그리고 보니 어느새 나도 할머니 반열에 서 있다. 얼마 전 손주 녀석들이 와서 며칠 놀다 제집으로 돌아갈 때였다. 마당에 나가 배웅하는데 녀석이 울먹이는 소리로 말했다.

"나 이제 할머니네 집에 안 올래요."

"왜? 서윤아, 할머니 보러 왜 안 오는데?"

"헤어지는 것이 너무 슬프고 마음 아파요…."

녀석은 마음이 너무 여려 작별할 때 늘 할미를 애태운다. 그래도 나는 걱정하지 않는다. 어른이 되어 혹여 어려운 일이 있을 때 이 시간을 생각하면 힘을 낼 수 있으리라 믿기 때문이다. 나는 말없이 녀석을 꼭 안아 주었다.

스카프값을 치르고 나오려는데 밝게 웃는 아이가 자꾸 마음을 잡는다. 학용품이라도 사 주고 싶은데 여의찮아 지폐를 쥐여주고 기념사진도 찍는다. 어려움 속에서도 꿈을 키워나갈 어린 소녀의 꿈을 응원하며 마을을 내려와 차에 오른다.

(그린에세이 2023. 12.)

석산의 추억

　오랜만에 남편을 따라 마을 뒷산 둘레 길을 걷는다. 왕복 두 시간 이상 걸리지만, 중간에 정상으로 오르는 길이 여러 곳 있어 시간은 마음대로 조절할 수 있다. 하나 우리는 많은 시간을 산에 머물기 위해 둘레 길을 돌아 정상으로 향할 예정이다. 어젯밤 내린 비로 인해 촉촉한 숲길은 상쾌하다.

　구부러진 산길을 돌아서는데 아래서 불어오는 바람이 거칠다. 바람이 치닫는 산 아래를 살핀다. 나뭇잎 사이로 보이는 깎아지른 낭떠러지 저 아래 검은 바위가 병풍처럼 둘러쳐졌다. 잘려나간 돌기둥 사이에 바위들이 널브러져 있기도 하다. 얼마 전 산 중턱으로 둘레길이 생기면서 볼 수 있는 광경이다. 남편에게 저렇게 크고 멋진 바위산이 저곳에 있었다니 하며 놀라자, 수십 년째 멈춰 있는 채석장이라고 했다. 밖으로 보이는 것보다 동굴 안에서 더 많은 돌을 채굴했다고 하니 그 규모가 대단했던 것 같다. 그 당시에 아침이면 자전거와 오토바이를 타고 채석장을 향해 출근하던 사람들의 모습이 주마등처럼 다가온다.

　70년대 초였다. 석산이 발견되면서 작은 읍내가 술렁이기 시작했다. 집집이 살림살이가 궁핍했던 시절 돈벌이가 있다는 것만으로도 환영할 일이었다. 그러나 돌을 캐내는 작업은 만만치 않았으며 목숨을 걸고 하는 위험한 일이었다. 처음에는 원석만 채굴하다가 가공품을 만드는 공장도 생겼다. 전국의 솜씨 좋은 석공들이 모여들었고 일자리가 늘어나면서 주민들도 취업했다. 대부분의 가공품은 기계를 이용한 수작업으로 이뤄졌다. 돌을 갈고 자를 때 돌가루가 많이 날렸다. 나는 공장 옆을 지나다가 낮은 담장 너머에서 일하는 사람들의 모습을 여러 번 보았다. 하얀 돌가루를 덮어쓴 모습을 안타까운 마음으로 바라본 기억이 있다.

　열악한 환경에서 아버지들은 밤낮으로 땀을 흘리며 온몸으로 자식들을 키워냈다. 종일 돌과 씨름하며 한 달을 견뎌 두둑한 월급봉투를 받아 들었을 때, 가족을 지켜냈다는 안도감으로 고단함은 잠시 잊을 수 있었던 그 시절의 아버지들. 부인들은 먼지를 많이 마신 몸에는 돼지고기가 최고라고 믿었다. 봉급 받는 날이면 가정마다 고기를 사려는 주부들로 정육점 앞은 문전성시를 이뤘다. 작은 소도시에 경제적 물꼬가 트이면서 활력도 인심도 넘쳤다.

　당시 우리 집에는 석산에 취직한 사람들이 세 들어 살고 있었다. 화장실은 공동으로 쓰고, 부엌 달린 방 한 칸이 전부인 집이었다. 번듯하지는 않아도 한 지붕 아래 여러 가족이 옹기종기 모여 살며 꿈을 키우는 산실이었다. 아이들은 한 울타리 마당에서 저마다의 꿈을 키우고, 어른들은 이웃이 어려움을 당하면 자기 일처럼 힘을 보탰다.

남편들이 일터에 나가면 대부분 아내는 집안 살림을 했다. 부인들의 생활력과 인품에 따라 가정의 경제와 자녀의 인성도 조금씩 다르게 성장했다.

그들은 이제 할아버지가 되었고 자식들이 그 자리를 대신하고 있다. 우리는 바위산을 내려다보며 시간의 흐름 앞에 숙연함을 느꼈다. 한 시대를 함께 건너온 사람들, 우리 남편도 직업은 달랐지만, 그들과 한 시대를 힘껏 달려왔다.

요즘 우리는 건강을 위해 매일 산에 오른다. 가끔은 석산에서 일하며 우리 집에 세 살던 분과 만날 때가 있다. 고단함으로 얼룩진 삶이었지만, 젊음을 바쳐 일하던 그 시절 추억담을 구수하게 주고받는다. 이제는 몸이 예전 같지 않아 숨 고르기를 하며 천천히 걷고 있다. 추억이 아름다운 것은 고통의 시간을 잘 견뎌냈기 때문이다.

바위는 찢기고 깨지는 아픔을 고스란히 안고 몇십 년째 침묵하고 있다. 가족을 위해 모든 것을 내어준 이 땅의 아버지들처럼 가슴 깊이 묻어둔 상처까지 허허로운 웃음으로 달래고 있다. 이제 깨진 바위 틈새로 나무가 뿌리를 내렸고, 습한 곳에는 이끼도 자라고 있다. 상처투성이였던 바위산은 흐르는 시간 속에 한 걸음씩 더 자연으로 다가서고 있었다. 지금 우리가 누리는 편리함은 누군가의 고귀한 희생에 기초한 것이리라.

사랑이 싹트고 있다. 감사함이 그 위에 내려앉는다. 한참 동안 바위산을 내려다보며 석산의 추억에 젖어보는 마을 뒷산 산책길이다.

(음성신문 2019. 7.)

금문교를 바라보며

일상을 잠시 접고 미국 서부를 향해 비행기에 올랐다. 지구 반대편으로 열한 시간을 날아갔지만, 여전히 해가 중천에 떠 있다. 도착한 날이 출발하던 날과 같아 하루를 선물 받은 기분이다. 시내로 들어서자, 간판과 사람들의 모습에서 낯선 나라에 온 것을 실감한다.

대륙으로 날아온 지 삼 일째, 샌프란시스코의 상징이라 불리는 금문교 투어에 나섰다. 짙은 안개에 덮인 금문교는 교각이 사라진 듯했다. 신비한 모습에 여기저기서 탄성이 터진다. 사람들은 신비한 순간을 카메라에 담느라 바쁘다. 우리를 태운 배는 붉은 교각을 지나 금문교를 돌며 포물선을 그린다. 저녁노을 빛을 받으면 금빛으로 변한 모습이 장관을 이룬다는데, 오전 관광으로 그 모습을 보지 못해 아쉬움으로 남는다.

샌프란시스코는 1906년 대지진으로 도시의 80% 이상이 파괴된 아픈 역사가 있는 도시다. 천 명에 달하는 인명 피해와 대공황 상태를 극복하기 위해 일자리를 많이 만들어야 했다. 그래서 생각한 것이 샌프란시스코에서 마린군까지 잇는 다리를 건설하는 것이었다. 자동차로 여덟 시간이 소요되던 거리를 단 10분 만에 통과하는 기반 시설을 갖추는 것은 경제회복에 엄청난 바탕이 되는 일이었다.

토목 공학자이자 시인인 조셉 B 스트라우스는 이 지역의 경제회복을 위해 금문교 건설을 강력히 주장했다. 그러나 이 지역은 조류가 거세고 안개가 잦은 곳이다. 더군다나 수면 아래 지형이 복잡해 실현 불가능한 꿈이라고 모두가 반대했다. 조셉 B 스트라우스는 치밀한 설계로 강철 와이어만 지구를 다섯 바퀴 돌 분량을 투입한 세계 최초의 공법으로 4년 만에 세계에서 가장 튼튼한 현수교를 완공했다. 현수교가 개통하던 날, 아름답고 긴 다리 위에 인파가 가득 차 장관을 이뤘다. 금문교는 미국 토목학회가 선정한 20세기의 현대 토목건축물 7대 불가사의라고 극찬했으며 희망의 상징이 되었다. 다리를 완공한 후 1년 만에 설계자는 세상을 떠났지만, 지금까지도 전 세계에서 사람들의 발길이 끊이지 않으니, 설계자의 남다른 혜안이 존경스럽다.

금문교는 문화와 예술이 조화를 이룬 설치 예술품이었다. 많은 사람이 다리를 오가며 예술품을 감상하고 있지만, 아이러니하게도 비극의 장소로도 명성이 높다. 이렇게 아름다운 장소건만 지금까지 이곳에서 천오백 명 넘는 사람이 뛰어내려 숨졌다고 한다. 더는 그런 불행을 반복하지 않기 위해 지금은 난간에 거물 망을 설치해 놓은 상태다.

다리를 건너 금문 공원에 도착했다. 금문교가 손에 잡힐 듯 가깝다. 설계자 조셉 B 슈트라우스 동상과 금문교 기록을 살피다가 뜻밖의 동상을 만났다. 군용 백 하나 덩그러니 옆에 두고 고뇌에 찬 표정으로 먼바다를 주시하는 동상이다.

가이드의 말에 따르면 이곳 금문해협은 맥아더 장군이 인천상륙작전을 위해 출발한 첫 출항지라고 한다. 6·25 동란 사흘 만에 짓밟힌 서울, 그리고 후퇴에 또 후퇴. 인천상륙작전의 급박했을 상황이 내 가슴을 뛰게 했다.

맥아더 장군 지휘 아래 실행된 인천상륙작전, 주어진 시간은 단 하루, 성공 확률 오천분의 일이라는 긴박한 상황이었다. 16개국 유엔 연합국과 우리 국군은 적의 퇴로를 끊기 위한 인천상륙작전을 기적적으로 성공시켰다.

엄청난 인명 피해와 전 국토를 잿더미로 만들어 버린 동족상잔의 비극 한국전쟁. 그 많은 희생을 남기고 휴전협정을 맺었지만, 불행하게도 우리는 지금까지도 휴전 중이다. 대한민국은 지구상에 마지막 남은 냉전 지대다. 냉전 국가였던 동독과 서독이 하나된 것을 생각하며, 내 조국도 이제는 종전이 이루어지기를 바라는 마음 간절하다.

1906년 대지진으로 도시가 파괴된 샌프란시스코는 아픈 역사를 딛고 7대 불가사의라 불리는 금문교의 기적을 낳았다. 우리도 전쟁 후 폐허가 된 산하에서 세계가 놀랄 경제 부흥을 이루었다. 봄이 오면 얼음이 녹듯 남과 북의 대화의 물꼬가 트이고 개성공단과 금강산을 자유로이 오가며 이산의 아픔까지 치유한다면 얼마나 좋을까.

내 아버지 세대는 전쟁의 참혹함을 직접 겪었고, 우리 세대는 분단의 아픔을 안고 살아가고 있다. 내 후손들은 전쟁이 없는 완전한 평화의 땅에서 살아갈 수 있기를 바란다.

한국전쟁의 총성을 멈춘 맥아더 장군의 첫 출항지 금문해협에서 나는 이렇듯 큰 기적을 꿈꿔 본다.

(음성신문 2020. 2.)

새 달력 앞에서

한 장 남은 달력이 나를 보고 웃고 있다. 올해도 수고했다는 격려 같다. 벌써 12월의 절반이 지나가고 있으니, 이별의 시간이 다가오고 있었다. 헤어짐은 또 다른 만남의 시작점이 아닐까.

요즘은 어디를 가나 달력 인심이 후하다. 며칠 전 인근 축협에서 큼지막한 새해 달력을 받아왔다. 한 장 남은 달력이 가벼워 위에 겹쳐 걸었다. 걸어놓고 바라보니 양력과 음력 표시가 있는 것은 물론이고 붉은색과 파란색 동그라미 안에 동물 그림이 있다.

언젠가 축산농가에서 사용하는 달력을 본 기억이 있다. 어미 소에게 인공 수정한 날과 송아지가 태어날 예정일, 예방접종 예정일 등등이 자세하게 기록되어 있었다. 건강한 소를 키우는 것이 목적이지만, 구제역의 공포로 밤잠 설치는 날도 있겠지. 동물 그림이 있는 달력에서 축산농가의 일상이 보인다.

그와 비슷한 크기의 달력이 건넌방에도 걸렸다. 광천 새우젓

시장에서 가지고 온 것인데 물 때를 알려주는 기록이 자세히 적혀 있다. 1물에서 11물, 한객기, 대객기, 사리, 조금 등 바닷가 사람들의 생활 예보다. 태양과 달이 상대적으로 어떤 위치에 있는가에 따라 조석 간만의 차이가 나타나는 기록이다. 산간지방이나 바닷가 사람들 모두 자신이 처한 환경에 순응하며 살아가는 것이다. 물 때에 따라 달리 잡히는 고기의 종류에 따라 어망을 준비하는 어부들의 일상을 짐작해 본다.

말끔한 달력을 방바닥에 펼쳐 놓고 연중 기억해야 할 날부터 표시해 나갔다. 가족들의 생일, 집안 애경사, 조세 납부 날짜까지 꼼꼼히 기록했다. 새해에는 어떤 일들이 기다리고 있을지 궁금해진다.

식탁 위에 놓인 올해의 탁상용 달력을 돌아본다. 참 많은 일이 있었다. 봉사단체 회원들과 5년째 매월 찾아가는 요양원이 있다. 그곳을 방문한 날짜가 가장 많았다. 어르신들과 즐거운 시간을 보내기 위해 준비해 간 도구도 다양했다. 마술을 보여드리고 함께 손뼉 치고 노래도 불렀다. 손 마사지가 끝나고 빨간 매니큐어를 발라 드리면 아이처럼 환하게 웃으시고는 했다. 매월 만나는 분 중 더 이상 뵙지 못하는 분도 있어 안타까웠다.

그러고 보니 달력 속에는 내 시간이 무척 느리게 흐른 적도 있다. 그동안 집착이라 할 만큼 의미를 둔 것이 나만의 생각이었다는 것을 알았을 때였다. 며칠을 굼벵이처럼 어둠에 묻혀 있다가 어스름한 천변 길로 나섰다. 한참을 걷다가 물가 벤치에 앉았다. 수면 위로 비친 불빛이 흔들렸다. 목석처럼 굳은 그림자 위로 시간이 흐르고, 저 멀리 상가에 불이 꺼지고 물속에 달이 떴다. 달빛이 맑았다. 마음도 한결 가벼워졌다. 생각을 조금씩 내려놓을 때 졸졸 흐르는 물소리가 들렸다. 흐르는 냇물이 강으로 바다로 쉼 없이 흐르듯 내 생각도 사유의 바다로 향하고 있었다. 나는 그제야 옷깃을 여미고 달빛의 배웅을 받으며 일어섰다. 파르르 떨리던 가슴도 제자리를 찾았다.

며칠 후면 새해다. 빈번한 질병과 폭등하는 사룟값 걱정으로 축산인들의 일상이 마냥 순탄하지는 않다. 험한 파도와 더불어 살아가는 바닷가 사람들의 삶도 치열하기는 매한가지다. 어부나 농부와의 환경이 다를 뿐, 내가 살아가는 방법도 별반 다르지 않다. 새 달력 앞에서 그려보는 나의 새해가 순탄하기를 소망해 본다.

지나간 일들은 중요하지 않다. 도종환 시인은 삶이란 흔들리며 피는 꽃이라고 했다. 나도 조금은 흔들렸지만 곧고 바로 서는 모습이고 싶다. 현실의 익숙함과 편안함에 안주하기보다 나만이 할 수 있는 일로 희망을 꿈꾼다. 한 해를 마무리하면서 나는 일찍 걸어둔 두툼한 새 달력에 눈길을 준다. 새해는 그곳에 행복과 웃음이 가득 담기는 날들로 채우겠다고….

(음성신문 2019. 12.)

손

　새해 첫날이다. 아들네 가족이 나란히 서서 절을 하고는 손주가 선물 상자를 내민다. 뚜껑을 열어 보니 용돈을 모아서 샀다는 양말 두 켤레와 장갑 두 켤레, 마음을 담은 내용의 카드가 들어있다. 남편과 나는 마주 보고 웃으며 장갑을 꼈다. 손에 꼭 맞는다.

　"올겨울에는 한파가 밀려와도 우리 도훈이 덕분에 걱정 없겠구나."

　이 말을 하며 장갑을 벗는데 녀석이 쭈글쭈글한 내 손을 잡는다. 손등의 피부를 당겨보고 밀어 보더니 제 손을 포개도 본다. 통통한 제 손과 주름진 할미 손을 번갈아 보며 어루만진다.

　나는 오늘 그동안 별 관심을 주지 않던 손을 바라보았다. 손마디는 나무의 옹이를 닮았고, 뻣뻣해진 손가락은 붓기로 인해 꽉 움켜잡을 수가 없다. 손끝에 감각이 무디어져 잡은 물건을 떨어뜨리는 일은 예삿일이 되었다. 긴 세월 동안 집안 구석구석 거칠어진 내 손길이 안 닿은 곳이 없다. 아내로, 며느리로, 두 아이의 엄마로 살면서 손은 그 역할에 충실했다. 그뿐이랴. 궂은일에 달려가 위로하고 힘을 보탠 것도 손이다.

유년 시절 몹시 춥던 그해 겨울, 마음이 시린 것만큼 손이 시렸다. 열댓 살 무렵 집안일을 돕던 언니가 열 명이 넘는 식구들의 뒷바라지가 힘이 들었던지 집을 나가 버렸다. 그 언니가 하던 일이 오롯이 내 차지가 되었다. 쉴 틈 없이 바쁜 일상이었다. 빨래와 부엌일을 마치고 방에 들어오면 손이 발갛게 붓고 물집이 생겼다. 몹시 가려워 나도 모르게 긁고 나면 상처가 덧났다. 손에 얼음이 박혀 생긴 증상이다. 새어머니가 동생들을 위해 준비해 둔 책장에 가지런히 꽂힌 동화책 속을 밤마다 여행하며 힘든 시간을 견뎠지만, 손에 박힌 얼음은 지금도 상처로 남아 있다.

한때 이 손은 어려움에 처한 집안을 씩씩하게 일으켜 세운 적도 있다. 반석 위에 놓인 것 같았던 남편의 사업이 너무 큰 밑그림으로 얼마 못 가 높은 벽에 부딪혔다. 다시 일어서 보려고 안간힘을 써 보았지만, 몇 년을 어렵게 버티다 빚만 안은 채 접어야 했다. 그때 아이들의 초롱초롱한 두 눈을 보고 손 놓고 앉아 있을 수만은 없었다. 기술은 부족했지만, 결혼 전에 취득해 놓은 미용사 자격증을 내 걸고 용기를 내 미용실을 열었다. 8년 동안 쉬지 않고 손은 노력했다. 그 덕에 우리는 제자리를 찾았다. 억세고 볼품없는 손이지만 가족을 위한 사랑의 일꾼이었다.

지난 삶을 돌아본다. 길고 짧은 터널들을 빠져나오느라 가슴

앓이로 보낸 밤도 여러 날이었다. 그 터널에서 벗어나기까지 수고한 투박한 손을 바라본다. 이제는 글쓰기와 책 읽기로 휴식을 주며 지난 세월의 수고를 칭찬해 준다. 깊은 겨울밤, 책장을 넘기다 차가워진 손을 따뜻한 이불 속에 묻는다.

삶의 흔적이 고스란히 담긴 할미의 손을 어루만지는 손주의 손은 희망이다. 손주의 앞날에도 여러 빛깔의 삶이 기다리고 있을 것이다. 손주가 내 나이쯤 되었을 때 문득 제 손을 통해 지난 삶을 돌아보며 깊은 상념에 잠길 날이 있을까. 그럴 날이 온다면 제 손을 바라보며 흡족한 미소를 지었으면 하는 것이 할미의 바람이다. 그 미소는 자신의 삶이 만족스러울 때 나오는 표징일 것이므로.

(충청타임즈 2022. 1.)

간절했던 꿈

사월 초파일 날, 일 년에 단 한 번 개방하는 이곳은 문경 봉암사다. 부처님 오신 날의 봉암사 주차장은 빈틈이 없다. 봉암사로 오르는 길목마다 연등이 피었고, 저마다의 염원을 담은 하얀 연등도 그윽한 꽃향기 속 봉암사 경내를 밝히고 있다. 나도 남편의 극락왕생을 비는 하얀 연등을 달고, 자식들의 안일을 비는 분홍색 등도 달았다. 예전처럼 돌탑을 두어 바퀴 돈 뒤 두 손을 합장하고 부처님을 뵈었다.

"그래, 그동안 메아리로 외치던 꿈을 이루었느냐."

부처님의 물음에 선뜻 대답을 못하고 경내를 서성인다.

요사채 마루에 앉아 지난 세월을 되짚어 본다. 막막한 일이 참 많았다.

이른 결혼을 한 나는 둘째 아이가 세 살 되던 해 큰 수술을 받았다. 스물일곱 되던 해였지 싶다. 아이들에게 입힐 털조끼를 뜨다가 잠이 들었는데, 대바늘이 내 배를 쿡쿡 찌르는 꿈을 꾸었다. 심한 통증에 간신이 눈을 떴다. 날카로운 통증은 현실인데 뜨개질 바구니는 선반에 얌전히 있었다. 서둘러 병원으로 실려 가 수술을 받았다.

그러나 한 달도 채 되지 않아 더 심한 통증이 찾아왔다. 조금만 몸을 눕혀도 숨쉬기조차 어려웠다. 날이 새기를 기다려 청주 병원으로 가니 연락받은 의사들이 대기하고 있었다. 서둘러 재수술을 받았다. 이전 수술 자리에 염증이 심해 천공이 생겼고, 그 바람에 출혈이 심해 숨쉬기가 어려웠다는 집도의의 설명이 있었다.

병원으로 실려 갈 때 삶과 죽음 사이의 위급한 상황에서 생각나는 것은 두 아이뿐이었다. 몸은 병원으로 가까워지는데, 마음은 자꾸 집으로 되돌아가고 있었다. 세 살, 다섯 살, 어린 것들을 다시 볼 수 있을까. 잘 키워서 학교 보내고, 시집 장가도 보내고, 먼 훗날에는 존재할 토끼 같은 손주들도 볼 수 있을까….

내가 엄마와 헤어져 살기 시작한 나이가 바로 세 살이었다. 어미 없는 손녀를 위해 할머니는 당신 사랑의 전부를 내게 주셨던 것 같다. 할머니의 그 지극한 사랑에도 나는 늘 무언가에 목말라하며 성장했다.

학교 다닐 때 나는 늘 교문을 바라보는 버릇이 있었다. 간혹 학교에 오는 다른 엄마들처럼, 엄마도 혹시 나를 찾아오지 않을까 해서였다. 이루어지지 않는 소망에도 하염없이 기다리던 안타까운 동심이었다. 내 아이들도 그렇게 살게 되면 어떡하나, 불안감이 엄습해 왔다.

다행히 수술은 잘 되었지만, 퇴원은 예정보다 한참 늦게 했다. 후유증도 심해 일주일에 한 번씩 링거를 맞으면서 회복에 주력했다. 수술 전 천공 상태가 워낙 심각했기 때문이다. 쇠약한 몸 상태에서도 아이들과 같이 밥 먹고 같이 잘 수 있다는 사실이 꿈만 같았다.

세월이 많이 흘렀다. 그 꼬맹이 둘은 이제 어엿한 어미가 되고 아비가 되었다. 토끼 같은 손주도 셋이나 된다. 모두 반듯하게 자라주고 있으니 가장 간절했던 꿈을 이룬 것이 아닐까.

다시 부처님을 올려다본다. 그리고 좀 전의 물음을 되새기며 생각한다.

'이제 더는 바랄 것이 없습니다.'

(충청타임즈 2024. 6.)

6

가난이 피운 꽃

효도 관광 가던 날

연초록 잎새 피어오르는 오월 아침이다. 마을 앞에는 관광버스 세 대가 도열해 있다. 번호표를 단 세 대의 버스는 정면에 효도 관광이라는 문구를 큼지막하게 붙였다.

마을 청년회에서 주관하고 부녀회에서 후원하는 효도 관광을 가는 날이다.

부녀회원인 나는 자원봉사자로 어르신들과 동행하며 불편함이 없도록 세심히 살피며 돕는 것이 임무다. 회원들이 전날 준비한 간식 봉지를 어르신들께 앞앞이 놓아드렸다.

이른 아침 배웅 나온 사람들 틈에 아빠를 따라온 어린 손자도 손을 흔든다. 세대 간에 전해지는 따뜻한 마음까지 실은 버스가 출발했다.

다투어 자리를 넓혀가는 초록 잎새들로 차창 밖 풍경이 푸르다. 오월의 푸르름을 헤치고 질주하는 관광버스, 버스 안에는 온 동네 어르신들이 다 모인 만남의 장이 펼쳐졌다. 두 다리 건강하여 날만 새면 동네 마실 다니는 어르신, 입담 좋은 어르신, 유모차를 밀며 경로당 다니는 어르신까지. 차 안은 주름꽃 만발한 어르신들로 들뜬 분위기다.

할 말이 어찌 그리 많은지, 웃음꽃이 핀다. 버스가 휴게소에 정차하자 회원들은 몸이 불편하신 어른들의 손을 잡고 화장실로 동행한다. 달리던 버스가 가끔 휴게소에 정차하면 청년회 회원들은 차를 옮겨 타며 흥을 돋워드리고 필요한 음료를 제공한다. 오늘만큼은 어르신들의 딸과 아들이 되어 함께 즐기는 젊은이들이다.

어르신들을 보고 있자니 어머님 생전에 효도 관광을 함께 다녀온 것이 생각난다. 집안에서는 그리도 어렵고 완고하셨는데, 야외로 나와 청년들이 권하는 약주를 한잔한 후의 모습은 뜻밖이었다. 소녀같이 발간 얼굴로 환한 미소를 짓고 하시는 말씀이 어찌나 정답던지. 어머님의 또 다른 모습을 뵐 수 있어서 좋았던 기억이 난다. 여행은 단단한 마음도 말랑말랑하게 해주는 힘이 있나 보다.

오늘의 목적지 인천상륙작전기념관에 도착했다. 전시된 탱크와 상징탑을 바라보며 전시관으로 발걸음을 옮겼다. 어르신들과 전시관을 돌아보며 해설사의 설명에 귀 기울인다. 어른들의 표정이 진지하다. 6·25전쟁을 직접 겪었고 어렵고 힘든 시대를 살아온 분들의 얼굴에 그림자가 드리운다. 암울했던 당시의 상황을 떠올리는 듯했다.

　이 땅에 이런 비극은 이제 두 번 다시 없어야 한다. 정전협정을 맺은 지 65년 만에 남과 북에서 서로를 향해 봄바람이 일고 있다. 2018년 2월 27일 판문점에서 남북의 두 정상이 만났고 판문점 군사분계선을 사이에 두고 악수를 했다. 우리 대통령은 군사분계선을 넘어 북쪽을 잠깐 다녀오기도 했다. 역사적인 만남을 의미하는 기념식수도 심었다. 한라산·백두산의 흙과 한강·대동강의 물을 나무에 뿌리고 '평화와 번영을 심다.'라는 표지석도 세워졌다.

　여행을 마치고 돌아오는 차 안에서 마을 어르신들을 뵙고 있자니 가슴이 아프다. 건강이 예전 같지 않아 좋아하던 약주도 못 드신 분, 목청껏 소리 높여 부르던 노래도 못하는 분이 많았다. 작년에 뵙던 어르신들 몇 분이 올해는 동행하지 못했다. 동네에서 매일 마주치는 어르신들이다. 내년 효도 관광에는 이분들이 모두 갈 수 있을까. 오월 산하는 점점 푸르러만 가는데, 어르신들은 점점 검불처럼 가벼워만 가는 것이 야속하다. 회원들도 미래의 우리 모습을 보는 것 같다고 이야기하며 숙연해진다.

　이번 효도 관광은 어버이를 위한 여행이라기보다 그분들에게 받은 사랑을 확인하는 자리였다.

　조국과 가족을 위해 목숨도 아낌없이 내어 주신 세대가 아닌가. 그 사랑에 힘입어 오늘날 우리가 이 자리에 서 있음을 알기에 많은 생각을 하게 하는 시간이다. 돌아오는 버스 안, 어르신들은 의자 등받이에 의지해 곤히들 주무신다. 버스는 출발했던 곳을 향하여 묵묵히 달리고 있다.

(음성신문 2018. 9.)

함께해서 행복합니다

아이코리아 음성군지회 회원 30명이 한마음으로 모였다.

'함께해서 행복합니다'라는 현수막을 준비해 요양원에 방문했다. 풍선으로 예쁜 모양을 만들어 어르신들과 게임하고, 기구를 이용해 손과 발 마사지를 해드렸다. 이번 방문에는 특별한 손님도 초대되었다. 요양원 인근 어린이집에서 어린이 17명이 함께했다. 동요를 부르고 고사리 같은 손으로 어르신들의 어깨를 주물러 드리니 아이처럼 행복한 표정을 짓는다.

우리는 2년 전부터 매월 한 번씩 요양원 어르신들을 찾아뵙는다. 그분들의 작은 목소리에 귀 기울이다 보면 소통이 이루어지고 어르신들의 표정이 환해진다. 지금은 비록 비켜 갈 수 없는 노년으로 남의 도움 없이는 생활하기 불편하지만, 지금 우리가 누리는 편리함과 아름다운 사회는 이분들의 희생과 피땀으로 일궈놓은 산물이 아니겠는가.

우리는 분기별로 관내 독거노인을 위해 약 250명분의 밑반찬 만들기, 경로식당 배식 봉사, 외국인 며느리 친정엄마 되어 주기, 요양원이나 복지시설 방문하기, 장학사업, 인형극을 통한 어린이 성교육 등. 그밖에 음성군에서 개최하는 크고 작은 행사에 참여해 봉사하고 있다. 그중 유독 내 마음이 달려가는 곳은 요양원 어르신들을 방문할 때다. 거동이 불편하신 그분들을 만날 때면 친정어머니 같고 어릴 적 할머니를 뵙는 것 같아 좋다.

누구나 성장하면서 한두 가지 아픈 기억을 간직한 채 살고 있다. 나는 엄마 없는 어린 시절을 보냈다. 첫돌이 지나고 헤어졌으니 엄마에 대한 기억이 없었다. 할머니의 빈 젖가슴을 더듬으며 채워지지 않은 허기와 사랑을 갈구하며 성장했다. 어린 것을 키우시느라 할머니의 사랑과 숙모님의 희생이 컸다.

내가 어릴 적 잠자리에 들면 할머니는 늘 자장가를 불러주며 거친 손바닥으로 등을 쓸어주셨다. 등의 시원한 촉각과 함께 할머니의 시큼한 적삼 냄새를 맡으며 잠이 들고는 했다. 사춘기 무렵 할머니가 돌아가시고 숙모님 곁을 떠나 낯선 아버지 집으로 보내지면서 마음고생이 시작되었다. 막연히 엄마에 대한 그리움은 원망으로 변했고 유년의 방황을 부채질하기도 했다. 그때 어릴 적 할머니의 적삼에서 나던 시큼한 그 냄새가 생각났다. 터널에 갇힌 듯 캄캄한 시간이 이어질 때도 할머니의 사랑은 기억의 끈으로 이어져 내게 견딜 힘을 준 것이다.

1984년 초봄, 이산가족 찾기에 온 나라가 들썩일 때 나는 꿈에도 그리던 어머니를 30년 만에 만났다. 막혔던 물길이 터지듯 가슴에는 따뜻한 온기가 찾아왔다. 어머니도 나로 인해 생긴 오랜 지병이었던 천식도 씻은 듯이 나았다고 했다. 무엇보다 아들딸에게는 외할머니가, 남편에게는 씨암탉 잡아주는 장모님이 생겨 좋았다. 가끔은 꿈이 아닌가 하고 내 볼을 꼬집어도 볼 때도 있었다. 요즘은 유년에 갖지 못했던 추억을 어머니와 함께 차곡차곡 만들어 쌓아가는 중이다. 한데 벌써 어머니는 여기 요양원 어르신들의 연배가 되었다.

요양원 봉사를 마치고 집으로 돌아온 날은 냉골 방에 군불을 지핀 것 같은 훈훈함을 느낀다. 아마 요양원에는 어머니와 할머니의 가슴을 가진 분들이 계시기 때문일 것이다. 그런 날은 여지없이 전화기를 들어 어머니의 안부를 묻는다. 어머니의 목소리에 반가움이 묻어난다.

(한국수필 2018. 8.)

해방촌

커튼을 열어젖히자 여러 집 아침 풍경이 눈에 들어온다. 번잡한 도시 속의 섬처럼 한적한 이곳은 지금도 공동화장실을 사용하며 해방촌이라 불린다.

부지런한 분들의 아침이 바쁘다. 나는 숨은 그림 찾듯 한집 한집을 눈여겨본다. 빨래 너는 할아버지, 아침 운동하는 할머니, 더러는 운동을 마치고 집 앞에 놓인 평상에서 쉬는 어르신도 있다. 앞집 아저씨는 낫과 호미를 들고 공터 채마밭으로 향한다. 이제 막 폐지를 실은 낡은 트럭도 들어온다. 벌써 시내를 한 바퀴 돌아온 듯하다. 삼십여 년을 보아온 모습들이다.

나는 이 모든 풍경이 한눈에 바라보이는 길 건너 낡은 상가 이 층에서 산다. 해방촌을 관심 있게 보는 이유는 친척 오빠가 그곳에 살기 때문이다. 천성이 부지런한 오빠는 그곳에서 육 남매를 반듯하게 키워냈다. 자식들은 직장과 가정을 꾸려 각자의 둥지를 찾아 떠났다. 얼마 전 언니가 먼저 하늘나라로 떠나고 지금은 홀로 생활하고 있다. 그 모습이 안타깝고 안부가 궁금하면 색다른 음식을 가지고 찾아뵙는다. 올해 팔십 세가 된 오빠는 조금의 흐트러짐도 없이 생활하고 있다. 오빠 집은 언제나 미닫이문을 열고 누구나 들어갈 수 있다. 이웃들과 서로 염려하고 인정을 나누며 살고 있어 마음이 놓인다.

해방촌은 오륙십 년 전이나 지금이나 달라진 게 없다. 슬레이트 지붕 용마루가 길게 이어져 한 지붕 아래 여러 가족이 살고 있다. 생활 도로를 사이에 두고 10평 남짓한 가게들이 양쪽으로 자리를 잡았다.

이곳은 사오십 년 전에는 오일장 풍경처럼 활력이 넘쳤다. 집집이 가게 문을 열고 손님을 맞이하곤 했다. 한복을 만드는 삯바느질 집, 고추 판매점, 미곡상회, 방앗간, 솜틀집, 국밥집, 목로주점 등, 시장 골목을 찾는 사람들이 많아 시끌벅적했다. 젊음을 바쳐 자식들을 키워냈고 꿈을 펼치던 일터였다. 애환과 인정이 깃든 마음의 고향이기도 했을 이곳에 지금은 노인들 몇 분이 한가롭게 자리를 지키고 있다.

한편, 길 건너에는 신도시로 발전하여 고층 빌딩과 아파트가 들어서 비밀번호 없이는 접근할 수 없다. 닫힌 철문은 이웃 간에 마음의 빗장까지 걸어 서로 무관심하다. 좋은 차, 좋은 집, 편리함만을 추구한다. 그러나 조금은 불편해도 나는 해방촌의 열린 공간이 더없이 정겹고 편하게 느껴진다.

이즈음 들어 해방촌에 도시재생사업이 추진될 거라는 말이 있다. '도시재생협의체'가 만들어지고 낙후된 지역을 지정해 국비 지원으로 이루어지는 사업이라고 한다. 이 사업을 위해 해방촌 이장님과 지역주민, 지자체가 함께 힘을 모으고 있다. 이 사업이 원활하게 진행되어 편리하고 쾌적한 환경으로 변화되어 어르신들의 생활공간이 좀 더 나아졌으면 하는 바람이다.

오늘도 창 넘어 해방촌의 아침이 열렸다. 부지런히 움직이는 오빠의 모습이 보인다. 건조대에 빨래가 널리고 지금은 폐지를 정리 중이다. 그 모습을 지켜보던 나는 안심하고 출근 준비를 서두른다.

(음성신문 2018. 12.)

꽃보다 아름다운 우리

7월의 뙤약볕 아래 연신 꽃이 피고 진다. 사람의 발길이 닿지 않은 야산에 하늘 말라리아가 꽃대를 밀어 올렸다. 짙푸른 초록에 둘러싸여 허리를 곧추세운 주홍빛이 눈길을 잡는다. 주변의 식물을 감고 올라선 참으아리도 별처럼 빛난다.

생활 속 거리 두기로 인해 만남이 뜸한 요즘 실내가 아닌 밖에서 회원들과 모임을 하기로 했다. 5회에 걸쳐 홀로 계시는 분들께 폐화분을 이용해 꽃을 심어 나누어 드리는 소모임을 계획했기 때문이다. 며칠 전부터 회원들은 꽃 재배단지를 찾아 꽃과 화분에 들어갈 재료들을 구해 왔다.

처음 취지는 경로당으로 찾아가 어르신들과 함께 예쁜 화분을 만들어 경로당 환경을 밝고 아름답게 꾸며드리자는 계획이었다. 그러나 예상치 못한 신종 코로나바이러스의 빠른 전파로 일상이 멈추었다. 하루에도 몇 번씩 재난 문자를 통해 확진자의 동선이 공개되고 바이러스의 공포가 두려움으로 다가왔다. 면역력이 약한 어르신들의 놀이 공간인 경로당도 급기야 굳게 문이 닫혔다.

예쁜 꽃을 심어 홀로 계시는 어른들 댁으로 직접 찾아뵙기로 의견을 모았다. 주말을 이용해 마스크를 쓴 회원들이 하나둘 우리 집 마당으로 모이기 시작했다. 모처럼의 만남에 눈에는 미소가 가득 담겼고 활기가 넘쳤다. 작업이 시작되었다. 폐화분을 닦는 사람, 흙과 퇴비를 고루 섞는 사람, 떡잎을 따며 꽃을 손질하는 사람… 저마다의 역할로 예쁜 꽃이 심어지고 있었다. 하나둘 화사한 사랑으로 피어나는 화분 저 너머 어린 마음을 위로해 준 나팔꽃이 생각난다.

고향집 울타리에는 전할 말이 많은 듯 아침이면 나팔꽃이 일제히 입을 열었다. 골목길을 한참 돌아가면 싸리나무 울타리 사이로 옆집이 훤히 보였다. 나팔꽃은 울타리를 타고 옆집과 우리 집을 오가며 덩굴을 뻗어 정을 엮어 주었다. 나팔꽃처럼 손을 입에 모으고 큰 소리로 부르면 한걸음에 친구가 달려 나왔다. 울타리를 두고 마주한 친구와 나는 엄마들이 준 지짐이와 푸성귀를 넘겨주고 넘겨받으며 우정을 키워갔다. 어쩌다 우울한 아침이면 마알간 표정으로 나팔꽃은 나를 위로해 주었다.

그때나 지금이나 변함없이 꽃들은 우리를 위로해 준다. 바이러스 때문에 사회적 거리 두기로 지친 시민을 위로하고, 이웃과 단절된 삶에 잔잔한 기쁨을 준다. 그러지 않아도 고적한데 바이러스 때문에 더 무료하게 지내고 있을 분을 생각하며 발걸음이 바빠진다.

어르신 댁의 대문을 두드린다. 한 달에 한 번씩 찾아가는 곳이다. 어르신이 저녁 식사를 하다 말고 대문을 열어준다. 마당 가득 폐지가 수북하다. 화분을 받아 든 어머니가 모처럼의 만남이 반가운지 소녀처럼 고운 미소를 지으신다. 이웃과의 왕래도 금지된 엄중한 시기에 이루어진 만남이다. 아마도 어르신은 꽃보다 우리를 더 반가워하시는 것 같다.

비록 재활용 화분이지만 회원들의 정성으로 갖가지 종류의 꽃으로 다시 태어났다. 우리가 상상했던 것보다 더 아름다운 결과물에 회원들의 탄사가 이어졌다. 기쁜 마음으로 어르신을 찾아왔는데, 화분보다 우리를 더 반기는 어르신의 마음에서 새삼 깨닫는다. 사실은 우리가 오늘의 꽃보다 더 아름다운 꽃이라는 것을.

(글밭 2023.)

프리마켓을 열다

　지난달 독서 모임에서 이민정 작가의 『옷장에서 나온 인문학』을 읽었다.

　순면의 원료인 목화는 친환경 소재다. 그런데 대량생산을 위한 목화재배에는 독성이 강한 살충제와 엄청난 물을 소비한다고 했다. 유엔은 목화재배를 두고 '20세기 최고의 재난'이라 했으니, 환경에 미치는 영향이 얼마나 큰지 상상이 갔다.

　책을 읽고 난 후 마음이 불편했다. 그때 회원 중 누군가 프리마켓을 제안했고, 날짜와 장소가 정해졌다. 집에 온 나는 열 일 제쳐두고 장롱 속부터 살폈다. 이야기를 담은 많은 옷이 옷장을 가득 채우고 있었다. 장롱 속에 잠자던 옷가지와 신발, 책, 물건 등을 챙겨 두었다.

　드디어 프리마켓이 열리는 날이다. 먼저 온 사람들이 환한 얼굴로 맞아주었다. 모두의 손에는 커다란 보따리가 하나씩 들려 있었다. 행거에 옷이 걸리고, 진열대에 물건들이 펼쳐졌다. 그런데 진열된 물건들이 예사롭지 않다. 자식들이 사 주었으나 자주 들지 않는 명품백, 큰맘 먹고 샀지만 작아서 못 입게 된 유명메이크 옷 등등. 그럴듯한 프리마켓이 차려졌다. 명품매장을 방불케 한 마켓에는 없는 것 빼놓고 다 있었다.

물건들은 금방 동이 났다. 이 행사에 동참한 사람들이 평소 갖고 싶었던 것, 필요한 것을 샀기 때문이다. 참여한 개개인이 잠자는 물건을 가져와서는 필요한 물건을 교환해 간 셈이니 우리가 목표한 바를 이루었다. 재활용하는 것은 가정 경제에 도움이 될 뿐만 아니라 환경 보호도 된다는 점은 두말할 나위도 없다.

마켓에서는 물건만 오고 간 것이 아니다. 작은 실천으로 환경을 되살리려는 마음도 함께 오갔다. 구입한 물건에 배려의 덤까지 얻어 왔다. 환경은 아무리 강조해도 지나치지 않다는 것을 알기에 회원들은 다음을 기약하며 프리마켓 문을 닫았다.

싸게 사고 빠르게 버린다는 패스트 패션, 들판에 번지는 불처럼 타오르며 끊임없이 성장하는 사업이지만, 불꽃 아래에는 지독하게 어두운 그림자가 드리우고 있다고 『옷장에서 나온 인문학』에서 이민정 작가는 언급했다. 패스트 패션은 유행에 따라 소비자의 기호에 맞게 빨리 바뀌는 패션으로 가격은 최대한 낮추고, 빠른 시간에 많은 제품을 만들어 판매하는 데 목적을 둔 사업이다.

패스트 패션 업자들은 값싼 노동력을 얻기 위해 방글라데시, 캄보디아, 미얀마, 인도 등에 사업장을 두고 있다. 인도 공장에서는 열두 살 남짓한 아이들이 새벽부터 밤까지 하루 열여섯 시간을 재봉틀에 앉아 일하다가 발각되기도 했다. 공장 관리자는 아파서 우는 아이들에게 매질했으며, 적은 돈으로 더 많은 일을 시키기 위해 어린이들을 고용했다고 한다. 노동 착취로 생산된 물건들은 소비자에게 싼값으로 공급된다. 박리다매의 대표적인 상품으로 일본의 유니클로, 호주의 밸리건, 영국의 탑샵 등이 있다.

내가 입는 옷을 만들기 위해 누군가의 노동이 정당한 대가를 받았는지 살펴볼 필요를 느꼈다. 또한 정의롭게 옷을 입고 싶다면 충동구매는 하지 말며 산 옷은 오래 입어야겠다고 생각했다.

변변한 옷 한 벌이 없을 때가 있었다. 아들이 유치원 졸업할 무렵 집안 형편은 말이 아니었다. 몇 년째 입고 나갈 윗도리 하나가 없었다. 아들의 유치원 졸업식을 앞두고 고민하다 이웃에 부탁해 빌려 입고 참석했었다. 그 시절 옷 한 가지 살 때도 신중했지만, 외출복 하나 사면 귀하게 여겨 오래 입었다. 사회생활을 하는 현대인으로서 옷차림에 무신경할 수는 없겠지만, 한 벌의 옷을 사더라도 이모저모 한 번 더 깊이 생각하고 결정해야겠다.

그동안 유행을 좇고 명품을 선호하던 생각이 한 권의 책을 통해 인식이 달라졌다. 새로운 인식으로 집안의 물건을 살펴보니 프리마켓에 들고 나갈 물건이 많다. 상표도 뜯지 않은 주방용품과 입지 않는 옷, 쓰지 않는 등산용품 등 다음 마켓이 열리는 날 가져갈 것들을 체크한다. (충청타임즈 2022. 5.)

품바 축제

음성에는 품바 축제가 한창이다. 다양한 공연이 곳곳에서 진행 중이며 전국에서 모여든 관광객들은 품바타령의 가락에 몸을 맡기고 신명 나게 즐기고 있다. 사랑과 배려, 나눔의 마당에는 찌그러진 깡통과 벙거지를 쓴 거지들이 떼를 지어 다닌다.

이번 축제에는 관광객의 편의를 돕고 불편함을 살피는 봉사자만도 2천여 명 투입되었다고 한다. 나도 축제장 이곳저곳을 옮겨 다니며 손길이 필요한 곳에서 일손을 돕고 있다.

20회를 맞은 품바축제는 올해 성년이 되었다. 이를 기념하기 위해 2000년도에 태어난 스무 살 남녀 커플에게 금가락지를 주는 이벤트가 있는 날이다. 커플들은 미션을 수행하기 위해 바쁘게 움직였고 그들로 인해 축제장은 더욱 활기가 넘쳤다.

말끔하게 차려입은 중년 부부가 품바 의상 체험관으로 들어왔다. 이것저것 뒤적이더니 허름한 옷을 골라 바꿔 입고, 얼굴에 분장하니 영락없는 거지꼴이 되었다. 사람들은 저마다 헤지고 찢어진 누더기 복장과 구멍 뚫린 밀짚모자를 쓰고 깡통을 두드리며 가장 행복한 표정으로 축제장을 누빈다. 거울을 통해 바라본 자신들의 모습이 신기한 듯 연신 사진을 찍기도 하고, 누가 더 품바를 닮았는지 겨루기도 한다.

축제를 즐기는 방법은 간단하다. 편한 복장에 체면도 격식도 필요 없다. 가장 많이 망가져야 제멋이 난다. 가슴에 사랑만 가득 담으면 준비 완료다. 축제장에서 처음 만난 이들도 십년지기처럼 소통하며 신나는 음악에 맞춰 몸을 맡기고 춤을 춘다. 이곳저곳에서 웃음꽃이 핀다.

몸이 불편한 어르신들이 축제장을 오가는 셔틀버스에서 내린다. 봉사자들이 그분들이 앉은 휠체어를 밀며 축제장으로 들어서고 있다. 뒤이어 흰 지팡이 봉사대가 시각장애인들의 손을 꼭 잡고 이동하고 있다. 이번 축제 마당에는 독거노인, 노숙인, 장애인 등도 초대했다. 또 외국인 노동자들도 한자리에 모였다. 사랑과 배려가 곳곳에 머물고 그 향기가 진하다. 전국 어디에도 볼 수 없는 사랑의 동행은 바라보는 이의 가슴에 감동을 안겨준다.

품바축제는 성자 최귀동 할아버지와 오웅진 신부님의 만남으로 시작되었다. 그분들의 만남은 꽃동네를 설립하는 단초가 되기도 했다. '얻어먹을 힘만 있어도 주님의 은총이다.'라고 하시던 할아버지는 그들을 위해 한 그루의 사랑 나무를 심었다. 앉은뱅이거나 병들어 움직일 수조차 없는 이들이 있었다. 누군가 돌봐 주지 않으면 죽을 수밖에 없는 절박한 그들을 할아버지는 움막으로 데려왔다. 그러고는 하루도 거르지 않고 집집이 다니며 얻은 동냥으로 그들을 먹이고 입히며 함께 생활했다. 가슴으로 품은 자식과 형제들이 함께 40년 움막 생활을 했다.

최귀동 할아버지는 사후에 안구를 기증한다는 유서를 남겨 놓고, 1990년 1월 '인명은 하늘에 달렸어.' 이 한마디 남기고 조용히 영면하셨다. 마지막 남은 하나까지 모두 주고 간 사랑에 27세의 젊은 청년이 세상을 보게 되었다.

품바의 다른 말은 각설이覺說理로 깨달음을 전하는 말로서 이치를 알리는 뜻이며, 품바의 품稟은 '주다, 받다, 사랑을 베푼 자만이 희망을 가진다'라는 함축의 뜻을 담고 있기도 하다.

현대인의 오늘은 물질은 풍족하게 넘쳐나지만, 마음은 더욱 빈곤하고 황폐해지고 있다. 우리라는 울타리는 사라진 지 오래고, 개인주의로 치닫고 있다. 혼밥, 혼술이라는 신종어가 생겨나고 타인을 믿지 못하는 각박한 현실이 안타깝다. 이번 축제를 통해 많은 이들이 작게나마 사랑과 나눔을 가슴에 채울 수 있는 축제장이 되었으면 한다.

할아버지가 심은 나무는 오늘도 자라고 있다. 무성한 숲을 이룬 큰 나무는 우리 사회를 밝히는 등불로 자리매김했다. 힘겹고 지친 이들이 잠시나마 쉴 수 있는 공간, 이곳에서 세상으로 나갈 용기를 얻는 이들이 있길…. (음성신문 2019. 6.)

가난이 피운 꽃

　방금 찧은 햅쌀을 승용차에 싣고 길을 나섰다. 내가 소속된 봉사단체 회원 몇 명과 소이면 문등리 어디쯤이라는 주소를 들고 찾아갔다. 집의 본채는 사라지고 없었다. 불에 덴 커다란 고무통은 일그러진 모양으로 뒹굴고 있었다. 90세가 넘은 어르신이 혼자 생활하다가 집에 불이 난 것이다. 화마는 집안의 모든 생활용품을 삼켜버렸고 겨우 목숨만 건졌다고 했다. 혼자서는 감당할 수 없는 불길에 할머니 사진이 사라진 것이 가장 가슴 아프다는 말씀에 안타까움이 전해왔다. 어르신은 문간채 창고를 바람만 피할 정도로 막고 그곳에서 거처하고 계셨다. 우리는 싣고 간 쌀자루를 내려놓으며 마음의 위로와 함께 작은 꽃씨 하나를 심었다.

　다음날 또 다른 가정을 찾아 나섰다. 손자를 키우며 장애인 딸과 폐지를 모아 생활하는 할머니 댁이었다. 집을 찾기 위해 근처를 몇 바퀴 돌고 좁은 골목길을 한참 들어가 쌀자루를 내려놓으며 그곳에도 꽃씨 하나 떨구었다. 회원들이 구석구석 찾아 나선 곳은 지금은 조금 힘들게 생활하는 가정들이다. 20가구를 찾아가 사랑의 씨앗을 심고 돌아섰다.

이렇게 훈훈한 마음을 전할 수 있었던 것은 함께 봉사활동 하는 회원들의 십시일반 보태는 마음 덕분이다. 작년 설 명절을 앞두고 음성군 자원봉사센터의 가래떡 썰기에 동참하고부터다. 45가마니 쌀로 가래떡을 만들어 관내 어려운 이웃에게 고루 나누어 주는 행사였다. 그때 누군가가 더 의미 있는 일을 해보자고 제안했다. 50여 명의 회원은 내 이웃의 일이라며 기꺼이 함께하겠다는 뜻을 밝혔다. 그렇게 좀도리 쌀 모으기가 시작되었다.

쌀 모으기가 마무리되어 갈 즈음 조그만 식당을 운영하는 회원에게서 연락이 왔다. 쌀을 준비해 놓았으니 가져가라는 것이다. 한걸음에 달려갔다. 그곳에는 방금 찧어온 쌀자루가 수북이 쌓여 있었다. 100kg는 형편이 어려운 친인척에게 나누어주었고, 20kg씩 담아 운반하기에 적당하게 400kg를 준비해 놓았다. 내가 놀라는 모습을 지켜보던 그녀가 얼굴을 붉히며 자신과 한 약속을 지키는 중이라고 했다. 그녀는 전년부터 조용히 혼자 한 약속을 실천하고 있었다. 아무에게도 알리고 싶지 않으며 여러 회원이 주변을 살펴서 꼭 필요한 곳에 전해달라는 진심 어린 말에 단체의 회장을 맡고 있는 나는 부끄러움마저 들었다. 그녀가 내온 차 한 잔을 마주하고 앉았다. 그녀에게서도, 찻잔에서도 은은한 향기가 났다.

그녀가 어릴 때 장사하던 아버지가 갑작스레 돌아가셨고. 앞 못 보는 할머니와 어린 4남매가 엄마의 책임으로 남겨졌다. 끼니가 없어 굶는 날이 잦았다. 엄마 혼자 막노동으로 벌어오는 것으로 겨우 하루 두 끼 멀건 죽을 둘러앉아 먹었다. 남매들은 가을걷이가 끝난 들판을 누비며 이삭줍기를 했다. 그때 까맣게 영근 풀씨도 채취해서 볶아 빻았다. 하루 한 끼는 그것을 미숫가루라 생각하고 해결했다고 한다. 종일 소화가 되지 않았다고 말하는 그녀의 눈가에도, 그 말을 듣는 내 눈가에도 이슬이 맺혔다.

몇 년 전, 그녀의 남편이 교통사고가 났다. 오랜 병원 생활과 경기 불황으로 살림이 무척 어려워졌다. 하지만 중학교 다니는 아들의 학업만큼은 중단할 수 없었다. 그녀는 용기를 내 어려운 집안 사정을 솔직하게 쓴 편지를 아들의 담임선생님께 전해드렸다. 그 후 아들이 졸업할 때까지 장학금과 매월 조금씩 통장으로 입금해 주는 학교 측의 도움으로 아들은 졸업할 수 있었다. 이제는 내가 받은 사랑을 그 누군가에게 돌려줄 때라고 했다. 그 누군가에게 방금 찧은 햅쌀밥을 드시게 하고 싶다며 수줍은 미소를 짓는다. 도움이 꼭 필요할 때 받을 용기가 있는 사람이 어려운 이웃에게 베풀 줄도 아는가 보다.

그녀는 생활이 넉넉한 것도 아니었다. 작은 식당을 운영하며 조금씩 모아 이웃에게 나눈다는 것이 어디 쉬운 일이겠는가. 살림하다 보면 적은 돈이라도 들어오면 쓸 일이 먼저 생긴다. 그런데도 아픈 이웃을 먼저 생각한 그녀는 어려움 속에서도 나눔이라는 꽃을 피운 사람이다.

나는 그녀를 통해 나눔의 진정한 가치를 배운다. 사람은 누구나 자신의 삶에서 진정으로 가치 있는 꽃을 피우기를 원한다. 하지만 의미 있는 꽃 한 송이 피우기가 어디 그리 쉬운 일이던가.

풍족한 유년을 보낸 이들보다 힘든 생활을 해본 사람이 더 많이 봉사에 동참하는 것을 본다. 그러고 보면 가난은 훗날 꽃피울 씨앗의 대지가 아닐까 싶다. 어려움 속에서도 나누는 사람들의 넉넉한 마음을 보면 우리 사는 세상이 삭막한 곳만은 아니라는 희망을 본다.

우리 내면에는 몸과 마음 깊은 곳에 찢기고 헤진 상처들이 무수히 많다. 아무리 큰 상처를 입었어도 아물지 않는 상처는 없다. 타인의 상처를 어루만지는 동안 자신의 상처에 새살이 돋는 것을 모를 뿐, 그녀는 아문 상처 위에 넉넉한 마음과 사랑이라는 자양분을 듬뿍 넣어 세상에서 가장 아름다운 꽃을 피웠다.

꽃도 제각기 피는 계절이 다르듯 사람마다 꽃피울 시기가 다른 것 같다. 삶의 계절에서 절반 이상을 살아버린 가을 문턱, 내가 피울 꽃의 계절은 언제쯤일까.

(음성신문 2018. 1)

명절 풍경

하루 확진자가 17,000명을 넘었다는 보도가 나왔다. 명절에 손주들을 한자리에 모이게 하는 것이 조심스러웠다. 우리 내외만 조용히 산소에 다녀오자는 내 제안을 남편이 수긍했다. 그런데 설 연휴가 시작된 늦은 밤, 아들, 딸이 가족을 앞세우고 들이닥쳤다. 그동안 바이러스 공포로 꼼짝하지 않고 갇혀 지내던 아이들이 외가에 가자고 보채서 왔다고 했다. 절집 같던 집안이 갑자기 들썩이며 환해졌다.

아파트에 사는 8살, 10살 된 남매는 아래층의 항의로 집안 전체에 두툼한 매트를 깔아놓고 생활하고 있다. 얼마 만에 만난 자유인가. 제 마음대로 뛰고 구르는 아이들을 바라보며 안쓰러운 동시에 웃음꽃이 절로 피어났다.

명절 차례 상차림도 바뀌었다. 남편의 의견으로 성묘와 차례를 묘소에서 한 번에 모시기로 했기 때문이다. 추모 공원을 찾았다. 얼마 전에 그곳으로 모신 시부모님 묘소에 딸네 가족과 함께

갔다. 입구에 들어서자, 꽃을 판매하는 곳이 있어 딸이 노란 튤립을 사서 안고 앞장섰다. 생과 사가 공존하는 이십만 평의 넓은 공원 분위기가 숙연했다.

준비해 간 제물을 제단에 진설하는데, "조율이시, 홍동백서 어동육서를 잘 맞춰서 놓거라." 하는 아버님의 음성이 등 뒤에서 들리는 듯했다. 차례대로 잔을 올리고 손주들과 함께 성묘를 마쳤다. 우리는 주변을 찬찬히 둘러보고 푸근함과 안정감을 느끼며 산을 내려왔다.

딸이 우리 내외를 식당으로 안내했다. "집에 먹을 것을 잔뜩 두고 웬 음식점이냐?"는 내 말에도 아랑곳하지 않고 음식을 주문했다. 점심을 먹고 나자 넓고 분위기 좋은 찻집으로 데려갔다. 찻잔을 마주 놓고 그간의 이야기로 꽃을 피웠다. 이렇게 편히 명절을 보내도 되는 건가 생각하는데 "앞으로는 이렇게 사세요." 라고 딸이 말했다.

내가 종가의 맏며느리가 된 지 45년째다. 시어머님이 계실 때 명절 준비는 한 달 전부터 한과와 약과 만들기로 시작했다. 구색 갖춰 준비하는 과정도 며칠이 걸렸다. 설날 아침이면 우리 집에서 시작한 차례는 작은댁을 거쳐 성묘를 다녀오면 몸은 녹초가 된다. 집으로 찾아오는 손님 맞으랴, 가족들 식사 준비하랴, 연휴가 지나면 명절 후유증으로 며칠 고생했지만, 그것은 당연한 일이라 여겼다.

요즈음 신세대 주부들은 전통을 따르던 우리 세대와는 생각이 다르다. 화기애애한 명절을 위해 여성들만의 노고를 당연하게 여기는 것은 부당하다고 생각한다. 즐거운 명절에 여자만 손에 물 마를 새 없이 상을 차려내야 하는 일은 사양하겠다는 분위기다. 이것은 옳고 그름을 따질 일이 아니다. 흐르는 세월 속에 바뀐 문화를 잘 받아들이면 모두 평화롭지 않을까.

우리도 올해 코로나 때문에 얼떨결에 추모 공원에서 간소하게 차례를 지내고 보니 느낌이 나쁘지 않다. 잘 가꾸어진 엄숙한 공원 풍경에 조상님들을 추모하는 마음이 집에서 지낼 때 못지않게 경건했다.

간소한 명절 상차림을 설명하자 며느리와 아들의 표정이 밝았다. '그래, 너희가 좋다면 나도 좋단다.' 조상님도 위에서 내려다보시며 흐뭇한 미소로 고개를 끄덕이실 것만 같다.

그날을 기다리며

소리 없이 다가오는 바이러스의 공포는 내 주변을 옥죄인다. 중국 우한에서 발병한 코로나19 바이러스는 빠른 전파를 타고 전 세계를 긴장으로 몰아넣고 있다. 급기야 세계보건기구(WHO) 는 팬데믹을 선언했다.

빌 게이츠는 인류의 목숨을 앗아갈 가장 치명적인 사건은 전쟁 이 아닌 전염성이 강한 바이러스가 될 것이라고 경고한 바 있다. 1918년에 발생한 스페인 독감은 중세 흑사병과 함께 가장 많은 인명을 앗아간 세기말의 대재앙으로 기록되었다. 전염병은 인류 와 함께 진화했으며 때론 역사의 물줄기를 바꿔놓기도 했다.

이렇듯 강한 전염성으로 사람과의 접촉을 피해야 하지만 남편 의 건강이 전 같지 않아 위험을 무릅쓰고 대학병원을 찾았다. 병원 입구에 차려진 선별 진료소 앞에는 흰 방호복으로 무장한 대원들이 구급차에 실려 온 환자를 응급실로 이송하고 있었다. 덜컥 겁이 났다. 투병 중인 남편의 면역력이 약해져 있기 때문이다. 몇 년 전에 바이러스의 공포를 겪은 바 있는 나는 바짝 긴장했다.

5년 전 메르스 바이러스가 출몰했을 때의 일이다. 출산을 앞둔 딸아이의 복중 아기가 횡격막 탈장이라는 진단을 받았다. 아기는 태어나는 동시에 수술을 받아야 스스로 호흡을 할 수 있다고 했다. 큰 병원으로 가라는 산부인과 소견서를 들고 삼성병원을 찾았지만 의사가 부족해 수술 스케줄을 잡지 못했다. 안전하게 아기를 보호해 줄 인큐베이터와 또 다른 특수 장비, 그리고 의사의 스케줄을 동시에 잡아야 했다. 하지만 메르스 확산 시기의 병원 사정은 모든 것이 순조롭지 않았다.

동동 발을 구르며 이 병원 저 병원 전전한 끝에 아산병원에서 수술 스케줄을 잡을 수 있었다. 확진자가 다녀간 일부 병동은 폐쇄되었고, 감염에 대한 두려움으로 병원에는 무거운 공기가 흐르고 있었다.

그렇게 해서 태어난 아기는 제 몸보다 몇 배나 큰 의료용 기구와 여러 가닥의 생명줄을 온몸에 휘감고 중환자실에서 한 달을 견뎌냈다. 그 기간 딸아이는 부천에서 서울까지 매일 왕복했다. 어미와 떨어져 고군분투하는 아기에게 모유로 힘을 보태기 위해서였다. 모든 준비를 하고 제 남편이 퇴근하기를 기다렸다가 큰아이와 함께 세 식구가 아기를 응원하러 가는 것이다. 종일 고단한 업무에서 벗어나 편안한 휴식이 간절했을 사위, 산후조리가 소홀해지는 것을 무릅쓴 딸, 내외는 한 달 동안을 하루도 빠짐없이 매일 아기에게 다녀오고는 했다.

내가 보기에 바다와도 같이 넓고 깊은 어미 아비의 사랑으로 아기는 잘 자라 주었다. 하루하루 긴장으로 보낸 그 일이 어제 같은데 녀석은 벌써 건강한 여섯 살이 되었다. 그때 메르스의 악몽을 잘 건너온 것처럼, 지금 코로나의 악몽도 안전하게 건널 수 있을까.

얼마 전 TV에 코로나19 감염으로 힘겹게 투병 중인 환자의 이야기가 나왔다. 환자는 더 이상의 치료를 포기하겠다는 뜻을 밝히고 가쁜 숨을 몰아쉬고 있었다. 의료진의 손에 들린 동영상에서 "할아버지 사랑해요. 힘내세요."라는 손자의 외침이 들렸다. 서로 염려하고 격려하는 이런 모습들이 지금의 어려움을 이겨내는 힘이 될 것이다.

감염자들 속 의료진들도 사투 중이다. 통풍도 안 되는 방호복을 입고, 보호경의 짓눌림으로 12시간의 근무에 지쳐 있다. 열악한 환경에서 환자를 치료하던 의료진의 감염도 속출했다. 의료 공백은 물론 급증하는 환자로 인해 대구에서는 병상과 의료진을 투입해 달라는 호소가 전해진다. 군의관을 비롯한 의료진 100명이 대구로 달려갔다. 자원봉사자와 사설 구급차도 뒤를 따랐다. 사랑의 손길로 준비한 구호물자도 필요한 곳을 향했다.

오늘은 확진자 두 자리 숫자 아래로 떨어지고 조금씩 안정을 찾아가고 있다. 하지만 전국적으로 감염자가 늘고 있어 아직은 긴장의 끈을 놓을 수 없다고 한다.

어떠한 상황에서도 봄은 온다. 추위가 매서울수록 꿈을 키우는 의지는 강해지고 뿌리는 더 깊이 내릴 것이다. 햇살 가득 퍼지는 날, 투병 중인 남편이 마음 놓고 병원을 내원할 수 있는 그날을 기다린다.

그녀들의 향기

비가 억수같이 퍼붓는 날이다. 재작년에 가입한 '한국농어촌 여성문학회' 여름 문학세미나에 참석하기 위해 집을 나선다.

십여 명의 회원이 진천IC 앞에서 관광버스를 기다린다. 평택과 안성을 거쳐 달려온 버스에 오르자 먼저 탄 문우들이 반갑게 맞아준다.

목적지는 전남 순천이다. 버스는 남쪽을 향해 달리며 중간중간 문우들을 태운다. 환한 미소로 버스에 오른 문우들은 농사로 거칠어진 손으로 악수하며 빈자리에 가 앉는다.

마지막 문우까지 탑승하자 앞에서 뒤로 마이크가 넘겨졌다. 자신이 짓는 농사 이야기가 중심이 되었다. 두 트럭이나 되는 참나무에 표고버섯 종균을 넣기 위해 이마에 라이트를 부착하고 밤늦도록 드릴로 구멍 뚫었다는 문우는 일흔이 넘은 나이다. 콩 농사를 짓는 문우는 가뭄 때문에 몇천 평의 콩 모종을 물을 줘가면서 심었다고 했다. 이처럼 버스 안의 사람들 대부분이 농사를 크게 짓는 문우들이다.

1박 2일의 외출을 위해 일을 당겨하느라 새벽부터 밤늦도록 땀 흘렸을 모습이 선하다. 나도 블루베리 농사를 지금까지 짓고 있었다면 한창 수확 철이라 이곳에 참석하기는 어려웠을 것이다. 농사의 애환을 잘 알고 있기에 문학에 대한 그녀들의 열정이 놀랍다.

드디어 세미나 장소에 도착했다. 여름 볕에 검게 탄 얼굴들, 유난히 큰 목소리, 이웃집 마실 가듯 편한 복장, 반가움에 서로 얼싸안고 그간의 안부를 묻는 모습이 생경하면서도 따뜻하다.

저녁 식사 후 회의가 시작되었다. 회의의 마지막 의안은『농어촌 여성문학』제30집에 실을 특집에 관한 것이다. 그동안 문학회에 초청 작가로 참석해 좋은 강의를 해주시던 선생님들의 성함이 열거되었다. 도종환, 반숙자, 김용택, 이문구, 이오덕, 박완서 선생님 등등. '한국농어촌여성문학회'가 어려운 여건 속에서도 여기까지 이어온 데에는 이분들의 관심도 힘이 되었다. 문학회가 발전해 오면서 문우들에게 동기 부여를 해주고 좋은 영향을 준 작가들과의 34년 세월. 그 이야기를 특집에 싣자는 의견이다.

그 제안에 모두 찬성했다. 일사천리로 글 쓸 사람이 정해지고 모두 망설임 없이 수락해 일이 착착 진행된다. 예사롭지 않게 반짝이는 눈빛은 일반문학회에서 볼 수 없는 광경이다.

어느 해 모 문학회에 혼자 참석한 일이 있다. 학술회의 같은 강의가 딱딱하고 지루했다. 베레모를 쓰고 양복을 입었거나 어깨에 숄을 두른 세련된 작가분들에게 쉽게 다가서기가 어려웠다. 그런데 오늘 내가 본 분위기는 사뭇 달랐다.

이곳 문우들은 긴 세월 동안 농사를 짓듯 문학을 가꾸었다. 양파를 재배하는 K 문우는 까도 까도 나오는 양파 속처럼 따뜻한 마음이 문학의 씨앗을 겹겹이 싸고 있었다. 소금밭을 일구는 문우는 한국인의 밥상에 출연해 금보다 귀한 소금을 전국에 알리기도 했다. 문우들 대부분이 방송 출연은 예삿일이고, 작품집을 여러 권 펴내는가 하면, 삶에 문학을 접목해 알차게 가꾸고 있었다.

내 이웃에는 이 문학회 회원이면서 친환경으로 복숭아 농사를 짓는 문우가 있다. 그녀의 농사법을 보고 놀란 적이 한두 번이 아니다. 화학농약을 대신해 은행 추출물 등의 친환경 농약으로 병충해를 퇴치하고, 바닥에 왕겨를 두툼하게 깔아 땅의 유기물 함량을 높였다. 언젠가 그녀의 트럭에 쇠비름이 한가득 실려 있었다. 내가 궁금해 저 쇠비름을 무엇에 쓸 것이냐고 물었더니 복숭아나무에 줄 액비를 만들 것이라 했다. 친환경 농법을 고집하는 그 문우는 몸으로 글을 쓰는 사람이라는 생각이 들었다. '한국농어촌여성문학회' 문우들은 한결같이 그런 사람들이었다.

행사가 끝나고 헤어질 시간이 왔다. 호남 지역 문우들이 버스 앞에 서서 양파, 보리쌀, 소금, 감자 등등을 한 보따리씩 안겨준다. 친정집 다녀오듯 양손 가득 선물 보따리를 들고 버스에 오른다. 우리가 탄 버스가 모퉁이를 돌아 안 보일 때까지 문우들은 두 팔을 흔들어 준다. 요즘 글이 잘 써지지 않아 의기소침해 있던 나는 그녀들의 열정을 보며 사그라들던 문학의 불씨가 다시 살아나는 것만 같다.

문학의 열정이 무엇보다 강한 문우들을 보면서, 나도 이제 이 열정을 배워보려고 한다. 서두르지 않고 가뭄과 장마에도 인내하면서, 콩 모종을 하듯, 소금밭을 일구듯, 농사처럼 글을 쓴다면 나의 가을걷이도 초라하지만은 않을 것이다.

화려하게 꾸미지 않아도 은은하게 풍겨오는 그녀들의 향기가 잊히지 않고 내 마음에 남아 있다. 한 축이 무너진 나의 삶을 땀과 몸으로 글을 쓰는 사람들과 함께하며 삶을 일으켜 세워볼 참이다.

수필이 치유의 문학이 되는 이유

─박명자의 수필 세계

반숙자 수필가

원고 마지막 장을 덮고 가슴이 얼얼했다. 얼얼하다고 표현했지만 실은 더 깊은 비애가 차올라서 창밖 먼 산마루를 바라보았다. 구름밭에 파란 하늘이 펼쳐졌다. 웬일인가. 분명 아픔이었는데 그 자리에 감동이 하늘빛으로 피어났다.

수필은 곧 그 사람이다. 누구도 대체할 수 없는 자신의 체험이고 이 체험에서 생각하고 느낀 것에 대한 정직한 표현이 바로 글이다. 지금은 수필 전성기여서 학식이 높은 사람이나 감각이 섬세한 사람이거나 문장력이 뛰어난 사람으로 수필을 잘 쓰는 사람이 많다. 여기서 살아남으려면 작가만이 쓸 수 있는 글을 써야 한다. 이번에 작품집을 내는 박명자 작가가 돋보이는 것은 자기만의 사유를 자기다운 어휘로 깊은 내면을 개방하여 마침내 과거와 화해하고 탄탄한 수필 미래를 열었다는 점이다.

박명자 작가와는 특별한 인연이다. 남다른 환경에 좌초하지 않고 환한 얼굴로 살아가는 모습을 수십 년간 지켜보면서 충분한 가능성을 믿고 수필 쓰기를 권했다. 2013년도 음성읍 행정복지

센타 주민자치프로그램에 〈마음을 여는 수필교실〉을 개설하는 데 주체적 역할을 하고 2017년도 한국수필로 등단했다. 그 후 지방신문에 칼럼을 연재하고 있다. 현재는 음성수필문학회장으로 열성을 다하고 여기에 아이코리아 충청북도 회장을 역임하며 봉사활동에도 최선을 다하고 있다.

수필은 체험의 문학이어서 작가의 살아온 과정이 노출된다. 작품 구성은 작품 곳곳을 두드리는 유년의 상처와 아내를 지극히 사랑했던 지아비를 떠나보낸 남아있는 자의 슬픔, 그리고 이웃을 향한 따뜻한 시선이 사회와 연결되어 가치를 보여준다. 여기에 유아숲지도사로 어린이들과 함께했던 시기, 글쓰기에 대한 열망과 번뇌가 공감을 주는 글, 자연스러운 문장에 깊은 사유, 그리고 균형감 있는 철학, 여기에 열정과 고치고 다듬는 노력파의 모습을 느낄 수 있었다.

작품 〈감꽃이 필 무렵〉과 〈엘 콘도르 파사〉를 살펴보면 안타까운 유년이 모자이크돼 있다. 이 작품들은 한 사람의 정서에 들어찬 기억이 평생의 상처로 작용하는 이유를 밝혀주고 한 권의 수필집의 뼈대를 이루는 의미가 내포되어 있다.

나는 할머니 젖가슴을 만지며 긴 겨울밤을 보냈다. 쉽게 잠들지 못하고 칭얼거리는 내게 옥수수 대공처럼 거친 손바닥으로 등을 쓸며 할머니는 나직나직 자장가를 불러주었다. 남들에게

다 있는 엄마의 부재가 아쉬워서 하루에도 몇 번씩 되묻던 어린 손녀에게 단지장골 밭에 홍시 따러 갔으니 곧 올 것이라고 달랬다. 자고 일어나면 언제나 윗목에는 홍시 두 개가 있었다. 눈 내리는 겨울밤 호롱불 아래서 먹던 홍시는 그리움이 밴 엄마의 맛이었다.   -수필 <감꽃이 필 무렵> 중에서

이 짧은 문장이 안고 있는 서사에 엄마의 부재가 있고 그런 손녀를 안고 달래는 할머니의 마음을 본다. 여기에 등장하는 단지장골은 작가의 고향 뒷산이고 그리움의 표상이다. 세 살 때 떠난 엄마, 철모르고 기다리는 어린 손녀를 돌보는 할머니의 안쓰러운 마음이 행간까지 배어있다. 여기서 조금 더 나아가면 청소년기의 작가가 어떻게 살아왔나가 작품에 나타난다. 불우했던 시절이었고 희망의 끈을 놓지 않으려 발버둥 치는 과정이다.

다음은 〈해 질 녘〉이 보여주는 내밀한 아픔과 서정성이 보여주는 감동이다.

1. 석양의 붉은 노을이 아름답다 못해 아픔으로 다가온다.
2. 해 질 녘이 되면 분아, 숙아, 엄마들이 아이들을 불렀다.
3. 한참을 쪼그리고 앉아 있던 아이는 힘없이 집으로 돌아가고   는 했다.
4. 홍시를 들고 올 엄마를 10년 아니 20년을 기다렸다.

5. 아이는 세상에서 새엄마가 가장 무서웠다.

6. 해가 서산 너머로 뉘엿뉘엿 질 때면 목젖 밑이 뻣뻣해지고 가슴이 아렸다.

7. 주소를 들고 고모와 함께 버스를 탔다.

8. 고개를 들어 하늘을 보았다. 해가 뉘엿뉘엿 지고 있었다. 슬픔이 어디에 숨어 있었던 걸까. 주체할 수 없는 눈물이 서러움과 원망이, 가슴 속 깊이 묻어 두었던 그리움이 한 덩어리로 섞여 봇물 터지듯 넘쳐흘렀다.

-수필 <해 질 녘> 중에서

전문에서 뽑아낸 대목이다. 왜? 이 글은 한 아이가 있었다고 3인칭으로 시작한다. 유년 시절과 성년이 되어 어머니를 만나는 자리까지 무리 없이 전개된다. 그러나 이 글에서 주목하는 것은 엄마가 가장 보고 싶었던 순간이 바로 해 질 녘이라는 시점의 중요성이다. 한 편의 드라마 같은 서사와 서정성이 긴 여운으로 심금을 두드리는 성공작이다.

70년대 초에 있었던 일이다. 부산 변두리에 있는 창문이 손바닥만 한 한 작은 공장에서 햇볕이 있는지조차 모르고 지냈다. 한 달이면 이십 일 이상 밤 열시까지 야근을 했다. 재봉틀 돌아가는 소음과 밤인지 낮인지 온종일 켜진 형광등 불빛 사이로 뿌연 먼지가 춤을 췄다. 와이셔츠를 만드는 그곳은 각자가 맡은 공정이 기계의 톱니바퀴처럼 돌아갔다. 피곤이 몰려와도 견뎌야 했다. 잠깐의 방심도 허락되지 않았다. 재봉틀 바늘이 손가락을 사정없이 찌르기 때문이다. (중략) 빵과 우유를 먹는 잠깐의 간식 시간이 유일하게 휴식을 누릴 수 있는 기회였다. 그때 스피커를 통해 듣는 음악은 지친 마음에 힘을 불어넣어 주었다. 소음 속에 종일 음악이 흐르지만 유독 이 곡이 좋았다. 가슴으로 잔잔한 슬픔이 밀려오는가 하면 무한한 창공으로 날아가는 듯한 자유도 느끼게 해준 곡이다."

-수필 <엘 콘도르 파사>중에서

다음 단락에 나오는 라디오 진행자의 설명은 이 곡은 어떤 것에도 얽매이지 않고 마음껏 하늘을 나는 콘도르처럼 자신의 꿈이 이루어지기를 기원하는 잉카인의 혼이 담긴 노래라고, 여기에 다른 민족의 지배를 받았던 잉카 민족의 슬픈 운명에 뿌리를 두고 있다는 사실을 알게 되었노라고 서술한다.

이러한 서사는 한 편의 소설 같은 내용이 담겨있어 독자의 가슴을 파고든다. 여기서 작가는 엘 콘도르 파사를 통해 자신의 처지를 투영시키고 끝내는 자유를 획득하는 의지를 담았다는 데서 작품의 완성도를 알 수 있다. 어쩌면 이 한 편의 글에서 작가의 반생이 압축되고 곤경 중에서도 희망을 잃지 않고 달려온 작가의 인간 승리를 알 수 있다. 작가가 글을 쓰지 않았다면 평생 상처에서 벗어나지 못하고 스스로를 폄훼하고 자존감을 획득하지 못했을 것이다. 상처는 덮어두기가 아니라 드러내기를 통해 회복된다 하듯이 말이다.

다음의 줄기는 작가의 오늘날이 있게 한 남편의 소재다. 그럴 수밖에 없는 것이 어려서부터 정에 주린 작가가 처음으로 마음을 열고 만난 사람이며 끝까지 아낌없는 사랑을 주고 간 사람이어서다. 작품 〈새로운 토양으로 내게 온 사람〉은 표제작이기도 하지만 박명자 작가의 생애에서 터닝포인트가 된 내용이라 주목한다.

저만치의 들깨 한 포기가 주변을 둘러보던 내 시선을 사로잡는다. 들깨를 심을 때 남은 모종을 밭머리에 던져버린 것 중 한 포기가 살아남은 모양이다. 얼마나 잘 자랐는지 마치 한 그루의 정원수처럼 튼튼하다. 아래쪽의 원가지는 벌써 목질화가 되어 들깨 나무가 되었고, 마음껏 뻗은 곁가지 가지마다 들깨가 조롱조롱 달렸다. 거름 주고 정성 들여 가꾼 들깨는 잎만 무성한데, 아무도 돌보지 않은 곳에서 어쩜 이리도 튼실하게 자랐을까. 의아해 주변을 살펴보니 척박한 땅이지만 다행히 미세한 물길이 지나가는 길옆이다. (중략)

어엿한 숙녀로 성장했지만 여린 가지는 늘 흔들렸다. 뿌리를 내릴 수 없는 불모지에 그 사람이 단비처럼 찾아왔다.(중략)

때로는 물길이 되어주고, 햇빛이 되어주며 새로운 토양으로 나에게 온 사람. 내가 기댈 수 있었던 유일한 사람. 별이 된 남편이 들깨 나무를 바라보며 상념에 젖은 나를 응원해 줄 것만 같다.”   -수필 <새로운 토양으로 내게 온 사람> 중에서

이 글은 독특하다. 선택받지 못해 야생이 된 들깨 나무에 시선이 멈춘 내적 동기가 서두로 나온다. 다음에 고통스러웠던 과거가 나오고 비로소 물길을 만나 새롭게 변화된 미래이자 현재인 작가의 오늘이 있다. 그러나 유일한 그 사람은 세상에 없다. 그럼에도 작가는 그 사람의 사랑에 힘입어 씩씩하게 살려고 노력한다. 바로 인간승리다. 수필이 지니는 힘 중 가장 센 것이 바로 사실성이다. 다시 말하면 진솔성이다. 타 장르에는 없는 작가가 무대 중심에 있다는 것, 그것이 독자에게 직통전화로 연결된다는 것, 함께 아파하고 공감하며 마침내 하나가 된다는 것, 그럴 때 작품은 성공한다.

수필 <별이 된 당신에게>서 보여준 네 편의 단상에서 나타난 사랑이 바로 그것이다. 너무 절절해서, 스스로 다짐하는 생의 의지가 치장 없이 내면의 고요한 절규가 되었다. 여기에서 필자는 글쓰기는 용기라는 생각을 했다. 때로는 수필 쓰기를 옷 벗기에 비유하기도 하지만 자신의 감정에 솔직해서 모든 것을 드러낼 때 비로소 치유가 시작되기 때문이다.

나는 요즘 첫 수필집 발간을 준비하며 지냅니다. 그동안 발표한 원고들을 모아 퇴고를 하고 있습니다. 대부분 우리가 함께한 내용이고, 그중 가장 많은 분량이 당신의 이야기입니다. 내 삶의 중심에 온전히 서 있던 당신, 오늘따라 당신의 부재가 더욱 크게 느껴집니다.

　　　　　　　　　　　　　　　-수필 <원고를 정리하며> 중에서

〈별이 된 당신에게〉의 네 번째 작품이다. 작가는 밤늦게 쓴 글의 첫 번째 독자가 남편이라 밝히고 고칠 부분을 지적해 주던 짝임을 알린다. 일심동체 부부의 모습이다.

세 번째는 유아숲지도사로 근무할 때 쓴 작품들로 자연 친화적이고 동심의 풋풋함이 생명성을 부여하는 글들이다. 맑고 밝다. 이것은 바로 작가의 어두운 상처가 치유되어 양지로 나서는 표식이라 하겠다. 사람은 독창적인 동물이어서 누구를 흉내 낼 수도 없고 자기만의 빛깔로 산다. 그럼 그 빛깔은 어떻게 채색되는가. 자기 안의 혁명이다. 여기에는 환경적 요소도 간과할 수 없다.

봄처럼 환한 얼굴로 아이들이 왔다. 날개깃이 고운 산까치 한 쌍이 나무 위에서 인사를 건네자, 아이들은 골짜기가 떠나갈 듯한 환호성으로 화답한다. 숲속의 새싹이 호기심으로 고개 내밀고 아이들도 같은 마음으로 들여다본다. 둘은 많이도 닮았다.

　　　　　　　　　　　　　　　-수필 <봄이 오는 소리> 중에서

이 글의 서두가 주제를 암시하기에 충분하다. 봄, 아이들, 날개깃, 환호성, 새싹, 호기심, 이러한 단어들이 '많이도 닮았다'는 결미 어를 완성시켰다. 서두만 보고도 끝까지 읽고 싶은 자극을 준다. 여기에 내용도 알차다.

휴양림으로 오르는 구불구불한 산길로 접어든다. <중략> 지난여름에는 이 길을 따라 노란색 어린이집 차가 연일 휴양림을 찾아왔다. 차에서 내린 아이들은 환호성을 질렀다. 비록 마스크를 착용했지만, 시멘트 건물에서 벗어나 숲에 안겼으니 갑갑하던 가슴이 뻥 뚫린 느낌이 아니었을까.

-수필 <아이들의 웃음소리> 중에서

코로나 펜데믹 때의 이야기다. 요즘 시대는 어린이가 귀하다. 그 귀한 어린이들에게 숲속 학교는 보물 같은 존재다. 어린이들이 느끼는 첫 감정은 해방감이다. 보는 것, 듣는 것, 만지는 것, 어느 하나 시시한 것이 없다. 신선한 자극이다. 여기에 활짝 열린 동심의 정서가 펼쳐내는 세상은 바로 새 세상이다. 작가가 어떤 소재를 찾느냐는 바로 관심이고 관심의 실체는 애정이다. 좋은 글은 바로 여기서 출발한다. 세상에 대해 사랑이 충만할수록 글다운 글, 삶다운 삶이 결실된다.

네 번째는 관계망의 수필로 대단히 중요한 부분이다. 세상은 혼자만의 세상이 아니다. 가족, 이웃, 사회와 더불어 사는 관계망 속에 존재한다. 박명자 작가가 추구하는 삶의 방향성과 의미를 보여주는 작품을 살펴본다.

작가는 아이코리아 회장으로 회원들과 봉사활동을 많이 하고 있다. 쌀 모으기도 그 일환으로 "방금 찧은 쌀을 승용차에 싣고 길을 나섰다." 서두로 출발해서 조그만 식당을 운영하는 회원이 쌀을 준비해 놓았으니 쌀을 가져가라는 연락을 받고 식당으로 향한다. 여기서 식당 주인의 어려웠던 어린 시절이 소환된다. 결정적인 사연은 몇 년 전 남편의 교통사고로 힘들 때, 중학생인 아들의 학업을 중단할 수 없어 담임교사에게 편지를 보냈다. 그 후 학교 측은 아들이 졸업할 때까지 장학금은 물론 매월 얼마간의 금액을 통장으로 입금해 주었다는 것이다.

그때 받은 사랑을 이제는 누군가에게 돌려줄 때라고 했다. 힘든 그 누군가에게 방금 찧은 햅쌀밥을 드시게 하고 싶다며 수줍은 미소를 짓는다. 도움이 꼭 필요할 때 받을 용기가 있는 사람이 어려운 이웃에게 베풀 줄도 아는가 보다.

라고 하는 작가는 이 글을 통해

사람은 누구나 자신의 삶에서 진정으로 가치있는 꽃을 피우기를 원한다. 하지만 의미 있는 꽃 한송이 피우기가 어디 그리 쉬운 일이던가. 꽃도 제각기 피는 계절이 다르듯 사람도 저마다 꽃피우는 시기가 다른 것 같다. 삶의 계절에서 절반 이상을 살아버린 가을의 문턱, 내가 피울 꽃의 계절은 언제쯤일까.

-수필 〈가난이 피운 꽃〉 중에서

바로 이것이다. 나만 바라보던 시선이 이웃으로 확대되고 다른 사람의 삶을 통하여 내 삶을 성찰하고 어떻게 살아갈 것인가 방향을 스스로에게 묻는 결말이 좋다. 이처럼 타인과 이웃으로 연결되는 작품으로 〈함께 해서 행복합니다〉 〈효도관광〉 〈프리마켓을 열다〉 〈휴양림의 사람들〉 등 사회적 유대가 돈독한 글이다. 거기에 더해서 〈그녀들 향기〉가 전하는 문향은 오래 기억될 작품이다.

끝으로 작가라면 누구나 깊이 절망하고 고뇌하며 어떻게 하면 좀 더 나은 글을 쓸 수 있을까는 선택된 의무다. 이러한 과정 없이 되는대로 쓴다면 그것은 감정의 사치에 불과할 뿐 문학이라 할 수 없다. 박명자 작가가 문학을 하는 의미, 그리고 고뇌가 드러난 글이다.

글 당번 차례가 오면 며칠 밤을 끙끙대며 준비하지만, 문우들의 합평을 들을 때면 밤송이 가시에 찔리는 것처럼 마음이 따끔거렸다. 그 자리에 주저앉고 싶을 만큼 좌절할 때가 여러 번 있었다. 그래도 글쓰기를 멈추지 못하는 이유가 있다. 서툰 글이지만 한 편을 쓰고 나면 깊숙이 묻어 둔 상처에 새살이 돋는 것처럼 치유가 된다는 사실이다. 문우들의 글이 저만치 앞서가더라도 조급해 하지 말고 나는 내 그릇에 담을 만큼의 글을 쓰면 되지 않을까.

-수필 <내 그릇 크기만큼> 중에서

몇 장의 발문을 쓴 이유와 보람이 이 한 편으로 족하다. 왜냐하면 박명자 작가의 오래된 깊은 상처가 글을 쓰며 서서히 치유되고 거기에 수필이라는 새살이 돋고 있음을 보여주어서다. 상처는 드러내지 않으면 더 화농한다. 누구보다도 아픈 유년의 상처, 상배의 상처가 이번 수필집을 통해 아물고 이제는 문학의 날개를 활짝 펴고 엘 콘도르처럼 대망의 창공을 훨훨 날기를 기원한다.

박명자 수필집

새로운
토양으로
내게 온
사람